ベスト時代文庫

# 闇のお江戸の松竹梅

本庄慧一郎



ベスト時代文庫

KKベストセラーズ

# 目次

この作品はベスト時代文庫のために書き下ろされたものです。

# 序章　柳原土手の濃い闇五つ刻

日暮れてからの柳原土手《やなぎわら》は、墨を流したような闇《やみ》につつまれる。

筋違御門《すじかい》から浅草御門までの神田川の南岸沿いに軒をつらねた古着屋や古道具屋は、暮れ六つ（午後六時）の鐘とともに引きあげる。堀っ立て小屋同然の店は無人になる。

昼間の賑《にぎ》わいはまるで嘘《うそ》のように消えて、神田川のせせらぎの音が冴《さ》えざえと立ち昇ってくる。

ぞろりと着物を着くずした女たちが、闇のなかから湧《わ》き出るように現れる。夜鷹《よたか》である。しだれ柳の木の陰や小屋の裏に身をひそめ、けもののような生臭い欲望をたぎらせた男たちを待ち構える。

菰《ご》蓙《ざ》や筵《むしろ》や、ときには無人の小屋の土間を褥《しとね》がわりに、裾《すそ》をたくし上げ、胸をはだけて男たちに、ほんのつかの間の快楽《けらく》を切り売りする。

息を殺しながらの男と女の営みは狐火《きつねび》のように小暗く燃える。誰もが見て見ぬふりの、闇の底の淫らな商いだ。

浅草橋のほうからの土手道を、影が三つやって来る。

無紋のぶら提灯《ちょうちん》を持って先に立つのは若い娘だ。あかりに映る仄白《ほのじろ》い横顔は意外に美しく、内に向けての足運びもしとやかに、その腰つきにも艶《つや》が漂う。

その娘のかざす提灯を頼りにやや大柄な老婆《ろうば》が二人、あたふたと跟《つ》いてくる。

そろそろ五つ刻（午後八時ごろ）になるはずだが、なんとも不用心な、女ばかりの三人連れだ。

老婆のひとりは、からだをふたつ折りにするように腰を曲げ、杖《つえ》を引く。もうひとりは、落とした腰に手を回してぎくしゃくと肩をゆすって歩く。見た目はともかく、足腰は達者そのもののようだ。

小屋の陰に夜鷹が二人佇《たたず》んでいる。

「ふん……また金貸し婆《ばあ》さんのお通りだよ」

流し手拭《てぬぐい》で顔を隠した女が相棒に呟《つぶや》く。相棒も首に白粉《おしろい》をまっ白に塗りたくった、見るからに年季のはいった〔白首《しろくび》〕だ。

「ふふ、車婆《くるまばば》ぁとはよく言ったもんさ。いつだってああして、車の両のわっぱのようにつるんで歩いてる」

「貸金の取り立てが嬉《うれ》しくってしょうがないんだ、あいつら」

「欲のかたまりが着物を着て、二本足で立って歩いてるってえわけさね」

「近ごろは、腰曲がりのおしま婆さんの孫娘も一緒だよ」

「つまりは、車婆ぁの舵《かじ》取りってわけだ」

「金を貸すときはおべんちゃらのほとけ顔で、貸金を取りあげるときゃあ鬼か蛇《じゃ》か。へッ」

客待ちの白首の、ひそひそ声の暇潰《つぶ》しのへらず口がたらたらと続く。

それにしても、江戸市中には金貸し、高利貸しのたぐいがやたらうろうろとしていた。

武家は、札差《ふださし》やら富商やらにせっせと金を借りては体面とやらを保ち、長屋の連中は、その日その日の商いの資金《もとで》や息抜きの遊び金を貸してもらって、やっと生活《たつき》をやりくりしている。

もともと、江戸の庶民は宵越《よいご》しの金は持たないとうそぶき、貧乏こわいものなしと開き直ったりする。さらにその口で、貧乏は達者の証しと言ってのけ、金持ち苦労多しとせせら笑ってみせたりもする。

とはいえ、腹の皮と背中の皮がひっつくような食うや食わずの明け暮れには、口先だけのやせ我慢も長続きはしない。

借りれば追われる。借りなきゃ命が干あがる——町の小金貸しは、やはり彼らにとっては悪《あ》しざまにばかり言ってはいられない存在だった。

「そう言やぁ、高利貸しの座頭《ざとう》が夜道で襲われたの、金貸しの婆さんが殺《あや》められたのと、このところ物騒なはなしがひっきりなしだねぇ」

「ふん、いい気味だって言いたいね」

「おや、ひどく冷たいね。そういうあんただって、あの車婆ぁのお情にすがることもあるじゃないか」

「腐れ舟だって舟は舟だ。やっぱり舟がなければ浮世の川は渡れないか……」

女二人の自嘲《じちょう》的な笑いが闇に溶ける。

「それにしても、たんと貯め込んだ借金を踏み倒すためなのかどうか、金貸しを殺しちまうというんだから、これまた無茶なはなしだよ」

事実、このところ小石川の富坂で、品川の徒歩新宿《かちしんしゅく》で、はたまた日本橋の矢ノ倉でと、何者かに金貸しが殺されていた。

車婆ぁとよばれた二人組の老婆と、その片割れのおしま婆さんの孫娘という三人は、このところこの界隈《かいわい》の名物になっていた。

女だてらの金貸し業ということもさることながら、饒舌《じょうぜつ》とねばりと泣きという、女だからこその得意わざを駆使して、かなり手広く商売をやっていた。

それでなくとも、見て見ぬふりの深夜の柳原土手——その三人がひときわ深い闇に足を踏み入れた。

——と。

土手の斜面から、黒い猿《ましら》が三匹、するすると這《は》い上がってきて老婆たちに襲いかかった。黒い猿と見えたのは三人の男たちだ。身を屈《かが》めての腰だめに匕首《あいくち》を構え、どっと老婆たちに体当たりした。

二人の老婆と娘は、ひとたまりもなく刺し殺された——と思いきや、なんと三人三様、待ってましたとばかりに敏捷《びんしょう》に跳んで、その奇襲を躱《かわ》していた。

たたらを踏んだ黒い猿たちが、あわてふためいてからだを立て直す間もなく、腰の曲がった老婆の杖が、一の猿の顔面を、びしッ！ と痛撃した。

一の猿はあたかも獅子《しし》のように咆哮《ほうこう》し、闇の地べたに転倒した。目を砕かれたか、あわあわとうろたえている。

杖の老婆は腰をしゃんと伸ばして言った。

「ちょっとばかし、やりすぎたかなぁ」

なんと、屈託のない若い男の声だ。

もうひとりの大柄な老婆もすでに二の猿を抱き込んでいて、匕首を握った利き腕を背に捻《ひね》りあげ、ぐきりとへし折った。

この猿も猿らしからぬ野太い声で喚《わめ》いてへたり込んだ。気を喪《な》くしたか。

「もうこの腕は使いものにならない。気の毒だな」

この老婆の声も、なんと張りのある若い男の声だった。

足を半開きに、腕組みをしている老婆は、どう見ても男だ。二人は突っ立ったまんま、娘のほうをのほほんと眺めやっている。

三の猿は娘を狙《ねら》って疾《はし》っていた。匕首を横薙《な》ぎに払った。

なよやかな娘はひょいと後ずさって腰を落とし、間合いをはずす。

三の猿があせって流れたからだを構え直そうとした。が、瞬間、すっくと立った娘の着物の裾がはだけて、きりりと引き締まった足が、びゅん！　と飛び、猿の股間《こかん》を容赦なく蹴《け》り込んでいた。

三の猿は、睾丸《こうがん》を潰《つぶ》されたか、これまたのどを絞って呻《うめ》き、闇の底で悶絶《もんぜつ》した。

夜鷹たちも、その夜鷹を漁《あさ》る男たちも、見て見ぬふりの闇のなか。息を詰めて遠巻きにしている。

「それにしても、金貸しの婆さんに扮するなんて面白いぜ」

「けっこう病みつきになりそうですね」

「でも、婆さんになりきるには嵩《かき》がありすぎて……ちんまり見せるのに苦労しましたよ」

二人の老婆と若い娘という三人の会話——にしてはちょっと妙である。

「おれたちの婆さん姿はともかく、ほれ、娘役はぴたりとはまっているじゃないか。この際どうだ、そのまんま緋扇屋《ひおうぎや》さんの陰間茶屋で使ってもらっちゃあ」

三人が笑いころげた。

「まあな、それもこれも、命を狙われていた婆さんたちのための人助けだ」

「金貸しだって人の子……金を貸して命まで持っていかれたんじゃあ、帳尻はとっても合わないですもんね」

足元で、手負いの猿たちが呻いて、身じろぎをした。

「おっと、それより、こいつらを縛りあげて、聖天《しょうてん》の親分に引き渡さなきゃあな」

「そういえばこいつら、破落戸《ごろつき》ふうに振る舞っていましたけど、身のこなしがどうもさむらいのようでしたね」

「へえ！　そうだったかな……？」

この男、剣の腕もさることながら、おとぼけのほうもなかなかのようだ。男は、高い鼻のわきを人差し指で掻《か》いてにんまり笑った。

# 第一章　霜月のおんまいの渡しのさんざめき

一

松之介《まつのすけ》、竹之丞《たけのじょう》、梅太郎《うめたろう》の三人が、金貸し婆さんとその孫娘になりすましての囮《おとり》芝居に、このところしきりに江戸雀《すずめ》の話題になっていた金貸し殺しの三人組が、まんまと引っかかった。

が、この三匹の猿、じつはやはり松之介たちと同じ御家人の部屋住みの若者たちだった。持て余した暇《ほし》と体力と好奇心を、とおりいっぺんの正義感でくくっての行動だったようだ。捕えた犯人が武家の子弟だということで、三人の縄付きは聖天の為吉《ためきち》親分から北町奉行所同心相川錦伍《あいかわきんご》に引き渡された。その後どうなったのか。

車婆ぁと異名を取るおしま、おたかの婆さん二人のたっての頼みで打ったひと芝居も、人助けには違いなかったが、なにやら後味の悪いものになった。

松之介、竹之丞、梅太郎の三人が、川風吹きさらしの渡し場に佇《たたず》んでいた。

世間の風はいつだって底意地悪く冷たい。

霜月《しもつき》十一月の風はそれにも増して冷たい。その十一月もいわば旧暦だから、いまでいえば歳の暮れから一月にかかるわけで、江戸の町を吹き抜ける風は元気のいい江戸っ子の肝も、ふぐりも縮みあがらせる。

ましてや、その日暮らしの、肝心の懐も寒《さむ》ざむしい長屋住まいの連中には耐えられない季節だ。

とりわけ、大川（隅田川）のだだっぴろい川面《かわも》を渡る川っ風は、まるで研《と》ぎ澄ました刃物の切っ先のように肌を刺す。

なにしろ、ゆうべ夜半から強くなった北の風は、夜が明けてからも勢いは衰えることがない。

ちょうど干潮時か。滔々《とうとう》たる大川の流れは川下へ、江戸湾へと急速に退《ひ》いているようだ。空は晴れていたが、川面は砂ぼこりを巻き込んだ風のせいで小さな三角波がひたひたと途切れることなく音を立てている。

こんなときに、ジャン！　と半鐘《はんしょう》のひとつも鳴ろうものなら、それこそまた、江戸の町はあっという間に火の海になる。町はいいように灰になる。

そういえばきょう十六日は、川向こうの南本所番場町川端におわします秋葉権現《あきばごんげん》さまの祭り日。

秋葉さまとは、遠州《えんしゅう》(静岡)周智郡《しゅうち》春野《はるの》の〔火の神・迦具土神《かぐっちのかみ》〕がご本尊で、もともと徳川家より御朱印《ごしゅいん》を賜《たまわ》ったという霊験《れいげん》あらたかな〔火防《ひぶせ》の神〕である。

木材と紙で造った江戸の町の家々にとって、火事火災はもっとも恐ろしいものであった。だから宏壮な武家屋敷や、富商の自宅や寮の庭のひと隅には、屋敷神として秋葉さまが祠《まつ》られていることが多い。

武家にとっても商家にとっても、火事火災はひとしく禁忌《きんき》であった。

いわく、〔伊勢屋稲荷《いせやいなり》に犬のくそ〕と、江戸の町でやたら目につくものにあげられているお稲荷さまとならんで、秋葉さまも負けず劣らずの大人気の祭神であった。

ところで、人よんで、おんまい河岸《がし》――おんまいとは幕府の御廐《おうまや》がこの河岸にあるのでこう訛《なま》ってよばれるのだか、ここから本所側へと結ぶ渡し船があった。

おんまいの渡し、という。またの名があって御殿河岸の渡し。

というのは、本所側の船着場が最上釆女助さまと阿部伊勢守さまの大層なお屋敷の裏手に河岸があるからで、本所側の者は、あえて御殿河岸とよぶのだ。

本所深川は歴《れっき》とした御府内に定められているのだが、大川を挟んでの向こうっ側に住む連中には、なにかにつけて対抗意識があった。

それならばと、こっちの側の江戸っ子たちは、この河岸からちょっと西に行ったところにある文珠院さまの名をくっつけて〔文珠院の渡し〕と威張ってみせる。

はるばる遠い地方から出稼ぎに来た他国者《よそもの》ばかりの江戸だが、見知らぬ江戸にやって来た田舎《いなか》っぺもまたここでは「おらが」「おらが」の根性をむき出しにする。

春の花見だの夏の花火、はたまた秋の月見の季節はともかく、霜月十一月や師走《しわす》十二月の渡し場には遊びの人間はあまり姿を見せない。

だが、この日ばかりは、秋葉さま参詣《さんけい》の善男善女でおんまいの渡し場は雑踏をきわめる。立ち止まっていれば、そのまんま凍てついてしまいそうな渡し場の寒気のさなかに、足踏みし、手をこすり合わせ、歯の根をカタカタ鳴らした人々が群れている。

「松兄さん、秋葉さまはあきらめますか」

「竹はまた、気が短《みじ》けえから」

「どうだい、梅の言い分は？」

「そうですねぇ……」

髷《まげ》も着物もさむらい姿で二本差しには違いないようだが、この三人のやりとりには宮仕えの同輩同士といった堅苦しさがない。仕草も言葉遣いも角《かど》がなくてひどく町人ぽい。一見して、旗本か御家人の冷や飯食いの次男坊三男坊だ。

暇にあかせて秋葉詣《もう》でに出かけて来たらしい。

客待ちの船頭がたむろする粗末な小屋の脇《わき》に、川っ風を避けて立っている三人の姿は、先ほどからそれとなく目に立っていた。

というのも三人が三人、その立ち姿といい、その面立《おもだ》ちといい、くっきりと垢《あか》抜けした男振りなのだ。表情も仕草もいきいきとしていて、なによりも清潔感にあふれ、印象爽《さわ》やかなのである。

船待ちの行列のなかには、商家のお内儀や年若い娘たちのほかに、まんざら素人《しろうと》とは思えない女たちもかなりまじっていた。三味線《しゃみせん》のひとつも爪弾《つまび》くだろう小粋《こいき》な姐《ねえ》さんもいたし、上野不忍池《しのばずのいけ》あたりの茶屋づとめらしい艶《あで》やかな女の姿もあった。

そんな女たちが最前からチラチラと、この若い男三人をそれとなく盗み見ていた。

「まぁな、火に焼かれて困るものひとつないおれたちだ。お札《ふだ》はあきらめて、ここで引き返すとするか。こう寒くちゃもうひとつ意気もあがらねぇ」

と、言ったのは松之介。

「どうせ、何か面白いことでもあればという程度の浅い了見でやって来たんだから、無理に混んだ渡し船に乗り込むことはありませんよね」

すぐに同意したのが竹之丞だった。

「松兄さん、竹兄さんの意見に従いますよ、わたしは」

梅太郎は白い歯を見せて、にっこり笑った。

いちばん年若そうなこの男が、松兄さんだの竹兄さんだのと言ってはいるものの、もちろん三人はほんとうの兄弟ではない。まず顔かたちが、そしてからだつきも三人三様、似ても似つかない。

肩幅ががっしりと広く、着ている物を通しても筋骨の逞《たくま》しさが窺《うかが》える偉丈夫なのが、松――濃い眉《まゆ》と、よく光る眸《め》、そして整った容貌は、爽やかな男の匂《にお》いを漂わせている。

彼は、御納戸衆元方組頭、永谷伝三郎《ながたにでんざぶろう》の三男の松之介、二十三歳。

竹とよばれていた男は、小普請組下役組頭の小倉藤之助《おぐらとうのすけ》の三男の竹之丞、二十歳。

切れ長の目と、すっきりと通った鼻梁《びりょう》、かたちのいい唇の端はいつも上を向いていると
いった、機嫌のいい顔をしている。

その微笑には人をふっと眩惑《げんわく》するような魅力がある。

そしてもうひとり、三人のうちではいちばん年若い男は、御家人、辻仲十郎《つじしんじゅうろう》の次男、
梅太郎、十八歳。

肌はあくまでも肌理《きめ》こまかく白く、長いまつ毛の眸とふっくらした唇が小作りの顔を初心《うぶ》な女のようにかざっている。額の線も、頬《ほお》のあたりのふくらみも、頤《おとがい》や首すじのあたりのなよやかな感じにも、なんとなく女の匂いが漂う。

四、五間先の人の群れの端に佇んでいた二十五、六の女が、三人の誰にともなく片目をつむって見せた。

髪を小粋な浮舟《うきふね》に結い、なんとも婀娜《あだ》っぽい風情《ふぜい》をまとっている。小唄《こうた》とか清元《きよもと》の師匠だろうか。

媚《こび》をふくんだ女の視線にまず梅太郎が気づき、竹之丞の脇腹を突っつく。

竹之丞は、それとなく女を見返っておいてふっと微笑を返し、松之介に向かって小さく口笛を鳴らした。

松之介はさりげなく顔を差しむけ、女の視線に出くわすと、軽く頭を下げながら小声で言った。

「おまえたちの知り合いか?」

「いいや」

と竹之丞と梅太郎は、いたずらっぽく首をすくめた。

いままで気づかなかったが、女の向こう側に納戸茶《なんどちゃ》の角頭巾《かくずきん》をかぶった恰幅《かっぷく》のいいさむらい姿の男がいた。

男は、焦《じ》れるように女の肩を抱き込んで引いた。脇見をするなと言ったようだ。

「おい竹よ。ああいうひと皮むけたような小粋な姐さんに、きりきり弄《もてあそ》ばれてみるなんて趣向はどうだい」

松之介がからかう。

「どっちかって言うと、松兄さんの好みでしょうが」

竹之丞がすかさずいなす。

「おう」

と応じておいて、松之介が節をつけて口ずさんだ。

〽だまってやらせりゃへそまで濡らし〜

これはまた、日のあるうちから、かなりきわどい文句だ。

端唄《はうた》小唄か、それとも都々逸《どどいつ》のたぐいか。

松之介の声はよくとおる。竹之丞が眉根をよせ、

「場所をわきまえてくださいよ」

と袖《そで》を引く。かまわず松之介が続けた。

〽童《わっぱ》がやってる水遊びぃ〜

松之介が悪のりするのへ、梅太郎がひと言。

「小人閑居《しようじんかんきよ》して、不善をなす……と」

「へん、梅が気取ってらぁ!」

寒気を吹きとばすかのように松之介が呵々《かか》と笑った。

ふだんは一艘《いっそう》の船が川をのんびり往復するが、きょうのような紋日《もんび》にはもう一艘増やし、臨時雇いの船頭たちも額に汗して竿《さお》を操り、櫓《ろ》を漕《こ》ぐ。

が、それでもあとからあとから詰めかける人々をたやすくは捌《さば》ききれない。

なにはともあれ、秋葉さまの〔火防のお札〕をいただきたい。

「溝《どぶ》をへだてた隣の長屋まで、もらい火で焼かれたが、そこでピタリと火が止まったのも秋葉さまのお札のおかげだ」

とか、

「五軒先のかまどの火の不始末から隣家まで延焼したが、路地ひとつへだてただけなのに、もらい火をまぬがれた。それもこれも秋葉さまのお札のおかげよ」

などなど、噂《うわさ》ばなしのあれこれが、船を待つ連中の口から次々と飛びだす。

臨時に用意した船は、それでもふだんの渡し船よりひとまわり大きいようだ。

とはいえ、一艘の船に乗れる人数は限られている。

そのうえ、二本差しを笠《かさ》に着たさむらいは、行列や順番を無視して割り込む。藩の手形を持つ者は無料にして最優先である。

それにつけても、こういう混雑のなかでのさむらいは扱いにくい。うっかり腰の刀の鐺《こじり》にでも触れようものならたちどころに「無礼者ッ！」と一喝され、「そこへ直《なお》れッ！」と抜身を突きつけられたりする。

その船にも二、三人のさむらいたちが先乗りしていて、あたりを蹴《け》散らかすような横柄な振る舞いで居座っていた。

船の胴間はもうぎゅうぎゅう詰めだった。

見るからに貧しい装束《なり》をした日雇取りや棒手《ぼて》振りらしい男たちは、あとから踏み込んできたさむらいたちに衿首《えりくび》を摑《つか》んで引き戻され、有無もなく陸《おか》に追い返された。

口を尖《とが》らせて文句を言いかけた大工らしい若い男は、いかり肩のさむらいに腰から抜いた太刀の鐺でいやというほど胸を突かれ、尻餅《しりもち》をついて呻《うめ》いた。

「なにをするんですよう！」

と、亭主を庇《かば》った女房も容赦なく肩を突かれている。

こんな日は当然、商家の女子どもも多い。番頭手代らを伴った年配のお内儀に十五、六の娘、かと思えば、これも店の若い衆にいたわられたご隠居さんに幼い孫娘の群れ。

町場では、さむらいも商家の者も、そして長屋の連中もそれぞれが分をわきまえての住み分けも成り立っているのだが、川を渡る手狭な船の中ではそうはいかない。

花が匂うように着かざった富商の娘は、紋日だというので仕事を休み朝から安酒をくらっている日雇取りらしい男に、からだを押しつけられるし、すっきり松葉返しに結いあげた品のいい商家のお内儀らしい女は、あからさまにからだを絡めてくる赫《あか》ら顔の芋《いも》ざむらいに、先刻から辟易《へきえき》している。

「なぁよぉ、秋葉さまのお札は火防によく効くってえが、うちのかかぁのやきもちの火にはさっぱり効かねぇなあ」

舳先《へさき》寄りの胴間に座り込んでいる紺屋の職人たちが、退屈まぎれに当たり障りのない戯《ざ》れ言《ごと》を言って笑いこけている。

「てへッ、かみさん以外の女にゃあさっぱりもてもしねぇおめえが、利いた風なことを言うもんじゃやねぇや」

別のだみ声が半畳《はんじょう》を入れる。

「おうよ。近ごろは、牝猫《めすねこ》も寄りつかねえっていうじゃねえか、宇《う》の字よ」

また、どっと笑いが起きる。その笑いの波は、あたりの者も引き込んで大きくさざめいた。

「町人ども、姦《やかま》しい！　鎮まれい！」

と、とんがった声は、若いさむらいのものだ。

船が河岸を離れないうちから、船の胴間はまるで祭り酒に浮かれきったような人いきれでむれている。

「なにをなさいますッ！」

こんどは、商家のお内儀らしい女の甲走《かんばし》った声。しつこい赫ら顔の浪人者が丸い尻をまさぐったか。

船頭が、

「もう乗れねえよ。船が引っくり返《けえ》っちまうよぉ」

と怒鳴る声を無視して、痩《や》せこけたさむらいがまた強引に、ぐらりと船を揺らせて艫板《ともいた》に足を踏み入れた。

「船頭、船を出せい！」

ふくれっ面の船頭は、しょうことなしに竹竿を握る。船体は重く沈み、水面は舷側《げんそく》ぎりぎりに達している。ちょっと強い風に煽《あお》られた波はそのまま船べりを乗り越え、胴間に身を寄せる者の袖や膝《ひざ》をかまわず濡らした。

また船に乗りそびれた連中が、寒さしのぎの足踏みしながらとりとめもない喋《しゃべ》りに興じている。

「秋葉さまの〔火防のお札〕をもらいに行くのもいいがよ、船でも引っくり返って土左衛《どざえ》門《もん》になった日にゃあ、どうも間尺に合わねえなあ」

「でもよ、火事を防ぐお札をもらいに行って、水でお陀仏《だぶつ》になりゃあ、はなしの辻褄《つじつま》は合ってらあな」

「よくねえ冗談は言い当てるとよ、もういい加減にしろい！」

またひとしきり賑やかになる。

——と。

「大変だぁ！　船が引っくり返《けえ》ったぞぉ！」

若い衆が叫んだ。

船待ちの客が、わっとどよめいて、粗末な桟橋《さんばし》に詰めかけた。

「危ねえ！　桟橋がくずれるぞぉ！」

川幅の四分六分の六分あたりまで漕ぎ出していた船が、なんとぶざまに腹を見せて引っくり返っている。

細波《さざなみ》立つ川中に放り出された連中を案じる叫び声で、河岸はいっぺんに狂乱状態に陥った。晴れていた空は、いつの間にか薄黒い雲が覆っている。

さえぎるもののない川の風は、とんでもないことをする。

「船を出せ！　早く助け船を出せぇ！」

「引き潮だ！　流されちまうぞ！」

「年寄りや女子どももいるぞぉ！」

船には三十人ほどの客が乗っていただろうか。いや、三十五人——四十人か。誰もその正確な人数を確かめた者はいない。

腹を見せた船底に必死に取りすがっている者も二、三いるようだが、ほとんどの者がはやくも流されはじめている。船頭の姿も見当たらない。

それでなくとも膝頭がガクガクするほど寒かった。

そこにもってきて、思いもかけない突発事故だ。ほとんどの者が立ちすくんだまま、瘧《おこり》に罹《かか》った病人のように全身を打ち慄《ふる》わせている。

すでに両手を合わせて目をきつくつむり、「なむあみだぶつ……」と念仏をくり返す老婆もいる。娘たちのなかには声をあげて泣き出す者もいる。渡し場は騒然と粟《あわ》立ち、どよめきに揺れていた。

ふと見れば、川向こうの船着場から、これまた帰り客をぎっしり詰め込んだ船が丁度岸を離れたところだった。

船頭が転覆事故に気づいて、あたふたと船をまた岸へ戻そうとしている。

客を満載した渡し船では船足は重く、とても助け船としては役立たない。そればかりか同じように転覆しかねない。

そのとき、まっ白い下帯だけの三つの裸身が群衆から抜け出し、水を分けて泳ぎ出した。

「船が引っくり返った……」

という第一声があがる前に、川に向かって立っていた梅太郎が船の異変を目敏《めざと》く見つけていた。

三人は手早く腰の二本の刀を地べたに置き、着ている物をすっぱり脱ぎ捨て、おめずおくせず川に足を踏み入れたのだ。

三人は抜き手をきって川の中央へ進む。

伸《の》泳《し》ぎである。からだを横斜めに、正面からくる波を枕《まくら》にするように構え、両手を前後に伸ばして大きく水を掻く。同時に両脚を交叉させて強く水を蹴る。

見た目には優雅に見える泳法だが、鋭く速い神伝《しんでん》流《りゅう》だ。

三人は、もともと神伝流泳法を学んだときの同門で、水練はもっぱらこの大川だったのだ。したがって、この川のあらゆる情況の流れや水の動きに馴《な》れ親しんでいた。

ただ右往左往、やみくもに騒ぎ立てるだけだった群衆は、果敢な三人の行動にいっせいに拍手し「がんばれよ！」「たのむぞ！」と声をあげた。

「まず、年寄りをたのむぞ！」

「子どもや女をたのむぞ！」

いままで寒さで身を縮ませていた者も両腕を打ち振り、あるいは両手で口を囲い顔をまっ赤にして叫んでいる。

「さむらいなんか、ほっとけよ！」

「かまわねえ、さむらいなんか沈めちまえ！」

どさくさまぎれに言いたいことを言っている。

衿首をわし摑みにされて引きずり下ろされた日雇取りや、刀の鐺で突かれた大工たちだろう。

気働きの利く誰かが、さっそく木っ端《こぱ》を掻き集めてきた。小屋の火鉢から火だねを移してくる者がいた。こんな場合のお先っ走りは役に立つ。

「もっとたくさん木っ端を集めてこい！」

その声に数人の男たちが、わらわらと散った。

梅太郎が早くも六、七歳の男の子を抱えて片手泳ぎで岸に近づいていた。細くしなしなしたからだに似合わず、右手だけのひと掻きには馬力がある。

わっと歓声があがった。

すぐそのあとは、これも頼もしく水を蹴る竹之丞だ。

どこやらのご隠居か、頭巾《ずきん》を失くしたらしい白髪が三角波に見え隠れしている。頤《おとがい》のあたりを支えて、竹之丞は岸辺にぐんぐん近づいてくる。

そして、松之介は、正体を失くしたような若い娘のからだをもう桟橋の先端に引き上げている。いざの場合にも、女好きの松之介の好みが出ているかのようだ。

待ち構えていた男たちがどたばたと駆け寄り、それぞれのずぶ濡れのお荷物を受け取った。

「やるねえ、三人男!」

二

ひと働きもふた働きもした若者三人だが、さすがに水から上がると寒さにガタガタとからだを震わせた。

船頭の吾助が、囲炉裏《いろり》にちろりを埋めて温めた酒を用意してくれていた。

ついでに今戸の駕籠辰《かごたつ》の駕籠を三挺《ちょう》よんでくれて、

「浅草の象潟《きさかた》の湯屋へこのお三人を案内してくれ」

と命じていてくれた。

ともかく三人は、からだの水滴を拭《ぬぐ》い、着物をつけ、熱燗《あつかん》をいっきに呷《あお》った。

「おい竹、梅よ」

「なんです、松兄さん」

「浅草象潟の湯屋よりも、ちょっと別の湯屋へ行きてぇなぁ」

「別の湯屋って……どこの湯屋ですか」

竹之丞は、

――こんなときに、松之介がまたなにを言いだすのやら。

と渋面をつくった。

「だからよ、ちょっと足を延ばして、吉原《よしわら》の湯屋とかさ」

「え？」

と、梅太郎が呆《あき》れた。

「なにも昼間っから遊ぼうというわけじゃねぇ。同じ風呂でもよ、吉原の湯屋のほうがなんとなくのんびりできるだろう」

吉原という色里の囲いの中にあるのは、茶屋や妓楼《ぎろう》ばかりではない。

吉原は俗に「五丁町」といった。

もともと日本橋葺屋《ふきや》町に幕府の許可を得て開設した色里だったが、明暦《めいれき》三年（一六五七）の大火事を機会に、浅草寺《せんそうじ》裏手に移転を命じられた。

同時に、遊廓《ゆうかく》内の町の数は五つから七つに増えたが、相変わらず「五丁町」という愛称でよばれている。

この吉原、ぐるりをおはぐろ溝《どぶ》と称する堀で仕切られ、堀の内側は背高な黒塀が囲んでいる。

出入り口は、五十間《ごじゆっけん》道とか衣紋坂《えもんざか》とよばれる道からの大門《おおもん》ひとつだ。

大門を入ると右手前は江戸町一丁目、揚屋町、そして京町一丁目と続く。

左側は伏見町、江戸町二丁目、角町、奥が京町二丁目。

もちろん主役は茶屋と妓楼ではあるが、水道尻《すいどじり》のあたりには、青物や魚を商う小店や、こまごまとした日用雑貨などを揃《そろ》えた店もある。

季節季節の花などをならべる店も出たし、初夏の風物詩の螢《ほたる》などを売る老婆などもいた。吉原の周囲には沼や田んぼがあり、季節になれば螢などはいくらでも眺められるのだが、やたらに大門の外に出られない女郎たちは、小さな籠《かご》の中の蛍を銭を出して買い求めた。

　この一角には、誰もが利用できる湯屋もあったのである。

　松之介は、ときおり天涯弥十郎《てんがいやじゅうろう》に連れられて、吉原での遊びのついでに入る湯屋がお気に入りである。

「どうせ駕籠で行くんだ。な、吉原の湯屋にしようぜ、いいな」

　松之介がそう言えば、年若の竹之丞も梅太郎もうなずくよりしょうがない。

　むしろ、行くの行かないのと議論しているより、せっかくの熱燗の酒の酔いが醒《さ》めてしまわないうちに、ぬくぬくと湯につかりたい。

　三人はそれぞれの駕籠に乗り込み、土手八丁を吉原へと急がせた。

　三人が大門で駕籠をおりる。仲の町の通りを急ぐ。

　そそくさと、湯屋をめざす。

　天涯弥十郎にたまに連れてこられるだけの吉原だが、弥十郎がなじみの妓楼角屋の妓夫《ぎゆう》(若い衆)の清吉《せいきち》と出くわした。

　清吉は若い。だからこの若い三人組に親しみを持っている。

「どうしたんですか、急ぎ足で」

「湯屋に行くんだ」

「まるで水でもかぶったように、髪が濡れているじゃあありませんか」

梅太郎が、渡し船が引っくり返った一件を口早に喋った。

「あ、それなら湯屋など行かずに、角屋の内風呂にお入りなさいまし」

だいたい吉原の見世《みせ》の者は気配りが利く。

「そうかい、そうかい。そりゃあありがたいな」

もちろん松之介がすぐにのった。

吉原には昼見世がある。つまり九つ（正午ごろ）から七つ（午後四時ごろ）まで、好き者の客を待つ。

昼日中に遊びに来る客は、色里に不慣れな客、気の弱い客が多く、そのまま素通りしていく客も多い。

女郎たちも通りから見える、格子で仕切った座敷に侍《はべ》って、かるた遊びをしたり絵草紙をめくったりして、わりとのんびりして過ごす。

七つをすぎると、たそがれてからの商売の準備にまず内風呂に入り、からだを丹念に洗い、手入れして本番の商売のための身支度をするのである。

清吉の案内で三人が角屋に入った。

小広い見世の土間は塵《ちり》ひとつなく、すみずみまで磨き上げられている。

右手の座敷にはまだ女郎たちが数人いて、三人に愛想のいい挨拶《あいさつ》をした。

「昼見世が終わると女郎たちが風呂を使いますが、いまなら空いています。お三人でゆっくりお入りなさいませ」

さっそく風呂場に案内してくれる。

松之介は、もういそいそと廊下をゆく。

着替えの板間も広い。十畳ほどあるか。

洗い場もたっぷりしていて、湯船も三畳分ほど、なんとも快い造りである。

「さあ、竹、梅よ。遠慮しても始まらねぇ。あったかい風呂をご馳走《ちそう》になろうぜ」

清吉が用意してくれた手拭と糠袋《ぬかぶくろ》を取ると、松之介がさっさと洗い場に足を踏み入れている。

竹之丞も梅太郎もさっそく従う。

湯桶《ゆおけ》に湯を汲《く》み、冷えきったからだにかける。

「うお〜！」

一瞬、肌を刺すように熱く思えた湯も、冷えた肌のせいと分かる。

たちまち凍てついていた気持ちもほぐれる。

ゆるゆるとからだを沈める。

「こりゃあ、いい気持ちだ」

「いゃあ、ありがたいなぁ」

松之介と竹之丞の野放図《のほうず》な声が、洗い場ではよく響く。

「やっぱり、世のため人のためになることをしたあとは、神様仏様はたっぷりいい気分にさせてくれるんですねぇ」

梅太郎も、ふだんの梅太郎らしからぬことをのたまわった。

船着き場の船頭が気を利かして振る舞ってくれた熱燗の酒の酔いが、ほどよい湯の温《ぬく》もりでじんわりとまた甦《よみがえ》ってくる。

「ああ……いい気持ちだなぁ」

三人が口々に呟《つぶや》いて、目をつむった。

ひとつ、ふたつ、三つ——と、十ばかりかぞえる間があった。

人の気配がした。いや、着替えの板間に華やいだ声が前後してなだれ込んできた。

ぞろりとした長襦袢《ジュバン》に綿入れなどを羽織った女郎たちであった。

「ごめんなさいよ」

「おじゃましますよ」

「すみませんけど、ご一緒させてくださいましな」

その明るくはしゃいだ女郎たちの彩りのある声に、軽く目をつむっていた三人は、いきなり目を剝《む》いた。

「え？　なんだい、これって」

「あの人たち、この風呂に一緒に入るっていうのかい、おい」

「あの……へぇ……ど、どうします？」

梅太郎が慌てて立ち上がっている。

「待て、梅！　慌てるな」

とどめる松之介。せりふは落ち着けと言っているが、彼の目はあきらかにおろおろしている。

「しかし松兄さん、あんなに大勢のお女郎さんが……あらあら、みんなほら、素っ裸になってますよ」

「当たり前だ。みんな風呂に入るんだから、つまり、生まれたままの姿になって……。あれあれ、あらぁ」

松之介の言葉も、だらしなく乱れた。

すでに最初の女郎が、まるでためらいもなく洗い場に入ってくる。

胸のあたりを手拭で覆っているが、下半身は隠れていない。

三人が口をあんぐり開けて目を奪われている。

そういえば、武家育ちの三人には町の湯屋での経験もあまりないはず。いや、まるでないようだ。

しかも、女遊びとて、弥十郎の気まぐれに従うことはあっても、自分たちから隠れてでも出かけるということはない。

だいいち、吉原の大見世の内風呂で、数人の女郎たちにまじっての入浴など、思ってもみなかったことだ。

三人が、湯の中で腰を浮かせておろおろしている間に、六人の裸の女郎たちがからだに湯を流して、当たり前のようにして湯船に入ってきた。

いくら湯船が畳三枚ほどあるといっても、なにしろ大人九人である。

女郎たちが、楽しくてしょうがないというように笑いさざめきながら、からだをつけて揉《も》み合っている。

湯が大きく揺れる。

まるで幼い子どもたちのようなはしゃぎぶりなのだ。

三人はもう、冷静さを失っていた。

女郎たちが手を伸ばし、からだをあたりかまわず撫《な》でさすり、摑もうとするからだ。

「お、おい、待って……待ってくれ。な、ちょっと待ってくれ」

松之介が身をよじりながら、女郎の手をとどめようとする。

竹之丞も梅太郎も、いまや必死でからだにまつわりついてくる手を払いのけようとしている。

「うわぁ……おい、やめてくれ、おい」

怒気をふくんだような松之介の声だ。

「こら……やめろ……やめろ……おい……うわぁ」

そこでいきなり、手放しで松之介は笑い出したのだ。

その声は、すっかり堪《こら》え性をなくしている。

それまで、これまた歯を食いしばって女郎たちの手を撥《は》ねのけようとしていた竹之丞も梅太郎も、堰《せき》を切った水流のような勢いで笑い始めた。

女郎たちも、いっせいに笑いさざめいている。

やがて三人は、阿呆《あほう》のように口を開けて立ち竦《すく》んでしまう。

――と。

松之介が、いきなり女郎たちを押しのけ、湯船から飛び出した。

竹之丞も梅太郎も、夢から覚めたように松之介に続いて、湯船から出た。

「可愛《かわい》いねぇ」

女郎の誰かが、しみじみと言った。

一同がまた、笑いさざめいた。

松之介、竹之丞、梅太郎の三人が横ならびに立っていて、呆然《ぼうぜん》としている。

つい前を隠すことを忘れている三人の健《すこ》やかな裸と、敏感できりりと逞しい男のしるしを、女郎たちはしっかりと見ているのだ。

三

「それにしても妙なはなしですねえ、松兄さん」

炬燵《こたつ》に足を差し入れて寝ころんでいる松之介は、あやしげな絵草紙に黙々と目をこらしている。

ふわりと掛けられた布団は色鮮やかな花柄で、この部屋にはもう春たけなわの華やぎがある。

おんまい河岸の渡しの事故から七日という日が過ぎていた。

「ああ、そいつを考えていたんだがな……」

と松之介は口では言っている。が、真剣に考えているのかどうか分かったものじゃないとばかり、梅太郎はチラと不満げな流し目を松之介の小広い背にくれた。

「少しは真面目《まじめ》に考えてくださいよ」

右手枕の松之介の腰のあたりを、梅太郎は人差し指で突く。

「考えてるさ。考えているよ」

ここは、母屋から敷石づたいの中庭をよぎっての離れ家で、樹木に囲まれている。

いまごろの飯桐《いいぎり》の木にはよくひよどりの群れがやってくる。すっかり枯れ果てた庭木のなかで、見上げるような枝先の、朱色の小粒の実が美しい。

春から夏にかけては葉が繁る。葉は幅広くたっぷりと大きい。握り飯を包むのに使うということで〈飯桐〉という名があるとか。

妙なことに詳しい竹之丞が言っていた。

目にしみるような真っ白い障子に、庭木に遊ぶ小鳥たちの影が映る。せわしい歳の暮れとはほど遠いのどかさだ。

ここは神田明神の真裏、三枝左兵衛さまや島田禅正さまの屋敷のある一画を左に見て、さらにゆるい坂を登ってすぐの妻恋稲荷の奥の閑静なところだ。

北に湯島天神を見下ろす小高い丘の上で、南には神田明神の社《やしろ》や湯島聖堂の伽藍《がらん》の甍《いらか》が見える。湯島天神の境内を抜けて切り通しを東に行けば、上野不忍池はすぐだ。

どちらを眺めても心が晴れればれするような景色が楽しめる。

竹之丞は、絵筆を持たせればさらさらと達者な絵を描く。

もうすでに何枚かの写生をものにしていて、松之介や梅太郎を驚かせていた。

そういえば正月二日の夜に見る夢を初夢というが、縁起のいい夢を見るために人々は枕の下に「夢枕のお札」を差し入れる。

この木版刷りのお札は妻恋稲荷から出される霊札で、

「お宝ぁ……お宝ぁ……」

と、早口にとなえて売り歩く声は、江戸の初春の風物になっている。その正月も間近だ。だが、粋をつくしたこの寮は、松之介や竹之丞、ましてや梅太郎の持ち物ではない。

三人は居候《いそうろう》にすぎない。

いってみれば、緋扇屋秀五郎《ひでごろう》が彼ら三人に、気ままに寝泊まりできる場所としてこの寮の離れを貸与しているのである。

三度三度の賄《まかな》いも、部屋の片づけや掃除も、洗たくや風呂の面倒も、喜十《きじゅう》という気のいい老爺《ろうや》と、それに器量よしの孫娘のお袖《そで》が世話をやいてくれるのだ。

緋扇屋秀五郎は三十七、八歳。深川の櫓下《やぐらした》や富岡八幡宮の門前あたりに小料理屋や茶屋などを持っているとか。

世間の噂では、そのほかに麻布我善坊町あたりに若衆《わかしゅ》茶屋も経営しているらしいが、秀五郎自身は「まぁな、いろいろあらぁな」と、伝法《でんぽう》な口調で答えて、具体的なことはにやにや笑いではぐらかす。

若衆茶屋とは、いわば戦国の世の稚児《ちご》遊びのようなもので、女顔負けの美童があれこれ趣向をこらして男たちの相手をする茶屋だ。

公許として営業する吉原遊廓は別として、このところ岡《おか》場所や宿場の飯盛《めしもり》女など非公認の春をひさぐ女たちの取り締まりが厳しい。

もちろん、若衆茶屋などは目の仇《かたき》にされるだろう。

とにかく、老中水野忠邦《みずのただくに》は乱れきった世をなんとか糺《ただ》そうとむきになっているらしい。

秀五郎の緋扇屋というのは、富岡八幡宮前の小料理屋の屋号だが、一にも二にも〔ご倹約〕の時代は、彼の懐具合に果たしてどんな影響があるのか――。

秀五郎の彫りの深い端正な容貌は、歌舞伎《かぶき》の世話狂言を演じたらぴったりはまりそうに整っている。

秀五郎はいつもゆったり構えているが、好みの濃い藍色《あいいろ》の絹物をさりげなく着こなしたたたずまいには、まさに富商の大旦那《おおだんな》にふさわしい風格が漂う。

時節がら、外出する折りにはあまり目に立たない質素なものに着替えるなどの気遣いをしている様子だが。

「商人《あきんど》が儲《もう》けた金なんぞというものは、ちったあ胡散《うさん》くさかったりするもんだが、使い道を誤らなければその金は生き返るもんだよ」

松之介や竹之丞や梅太郎は、よく秀五郎のこんな言葉を耳にしている。

――おれたちは、小綺麗な寮をあてがわれ、なに不自由なく過ごさせてもらっているが、果たしておれたちの遣わせてもらっている金は、秀五郎さんの言うようにちゃんと生き返っているのだろうか？

などと、ときには三人が雁首《がんくび》を揃えて語り合うこともある。

が、なにしろ秀五郎は三人に、ああしろのこうしろのと命令はしない。しないが、でもなんとなく、ぐうたらをきめ込んだり、ただだらしなくぶらぶらとしていられない気分になって、いつの間にか三人は何かやることになる。ごく自然にそうなってしまうのだ。

「どんなことでもいい、世のため人のためになることを、気が向いたらやっておくれ」

三人が三人とも、自分の生家ではそれとなく疎《うと》んじられて扱われてきた。どう考えても余計者だった。父親や世継ぎである長兄のやっかい者だった。

なんとか婿《むこ》養子のはなしでもあって、家つき禄つき、おまけにとびきり美人の娘と祝言でも挙げられれば申し分ないが、それは富くじの一番富の五百両に当たるより難しい。

なにしろ暇にあかし、欲求不満をぶつけるように武芸のあれこれを身につけたものの、ふと気がつけば、所詮《しょせん》は鍛えた腕を役立てる場所も、目的もなく、生き甲斐《がい》のある仕事を与えられる目安もない。

かといって、あの金貸し殺しの三人組を捕らえるようなことをしても、また、無頼の、傾《かぶ》き者のと悪《わる》を気取っての勝手放題も、過ぎたあとの空しさは相変わらずである。

無聊《ぶりよう》と無為と怠惰《たいだ》――放っておけばそのまま根腐れおこして悶死《もんし》しそうなときに、秀五郎が松、竹、梅の三人に「遊びにおいで」と声をかけてくれたのだが――。

もともと仲の良い三人が退屈まぎれの好奇心で、天涯弥十郎と名乗る浪人者のごくささやかな私塾を覗《のぞ》いたのが一年前。

塾といっても表立った堅苦しいものではなく、弥十郎を囲んで気の合う若者が自然に寄り集まってしまったという趣《おもむき》のものだった。

そのときどきの政《まつりごと》治や時代の動きや世の中のあれこれについて誰かが喋り出すと、集まった者が自由闊達《かったつ》に意見を述べ合い、異論があれば忌憚《きたん》なく自分の論をぶつけた。

そんな熱っぽい風景を黙って眺めやる弥十郎のまなざしは、いつも優しく温かい。

ときの経つのも忘れたような果てしない議論のしめくくりはいつも、弥十郎が諭すように語る時代や世の中に対する推断であり、予測の言葉であった。

仲間同士の議論では、浅慮や独断やこじつけをも押し通したりするが、弥十郎が黙ってかたわらに座っているだけで、若者たちは思慮深くなった。

とりわけ、弥十郎のしめくくりの言葉には誰もが素直に耳を傾けた。

「世の中のあらゆる事柄をできるだけ広く識《し》り、そして、誤りなきことを自分流にきちんと行おう」

そんな弥十郎の言葉をみんな素直に聞いた。

旗本や御家人の部屋住みの若者たちは、総じて依怙地《いこじ》で意地っ張りだが、その胸の内には、誰もが肚《はら》の底から慕い敬《うやま》うことのできる人を求めているのだった。

荒野をさ迷い歩く旅人には、一灯のあかりが救いになる。

月も星もない夜道のさすらい人のような彼らは、いつの間にか弥十郎をその一灯のあかりとして信頼し、慕っていた。

天涯弥十郎は、なにかの折りに奥州《おうしゅう》の産だと自称していたが、秀五郎同様、詳しいことは喋りたがらない。

年は四十歳を越えたかどうか——秀五郎よりいくつか年上だろう。浅黒い皮膚とぐりぐりと引き締まったからだは、まさに精悍《せいかん》の気をみなぎらせていた。

事実、麴町《こうじまち》番町の自源流三島謙之助《じげんりゅうみしまけんのすけ》道場に足しげく通って、三日にあげず汗びっしょりの稽古《けいこ》に励んでいる。

自源流とは、伊達正宗《だてまさむね》の血をひく伊達外記《げき》を祖とする豪壮な技を特長とするようだ。

三島とは同郷同門ということだったが、おまえ、おれと呼び合う兄弟のような間柄らしい。

その天涯弥十郎と緋扇屋秀五郎がまた、古くからのつきあいがあったようだ。

二人はふだん、思慮深くしごく真面目な顔をしているが、どうやら趣味の十七文字の遊びで気が合うらしい。いや、十七文字といっても季語がどうの切れ字がどうのといった小うるさい本格俳句ではない。

いわゆる艶句《ばれく》というのか、男と女の秘めやかな機微をうたったものが多いらしい。

寮の秀五郎の居間で二人はよく、ちくりちくりと酒杯をなめながら、小半日も遊ぶことがある。

――女房の　枕言葉は　おお寒《さぶ》い――

と、秀五郎がさらさらと巻紙にしたためる。

「おお寒い」と女房が言えば、そろそろ抱いておくれな、という意思表示であるということか。

すると、弥十郎もにやりと笑って筆を持つ。

——おお寒と　謎かけ得意の　姉女房——

秀五郎は商売柄ということもあるが、つねにおだやかな表情とおっとりした立ち居振る舞いを忘れない。しかし、このての趣味を楽しむとは意外といえば意外である。

周りに集まってくる若者たちも、こうした硬軟とりまぜたような弥十郎の人柄に戸惑いながらもこよなく惹《ひ》かれている。

今年二十歳《はたち》になった山科歳三《やましなとしぞう》はいつも小理屈ばかり言っているが、あまり小うるさくなると、弥十郎はその歳三の耳にもっともらしい顔のまま、いきなりこんなことを囁《ささや》いたりする。

「堅物も、右手ばかりは、浮気者」

と言いながら、いかつい山科の右手の甲をぴしゃりと叩《たた》く。

意味は言わずと知れた男の秘めやかなひとり遊びのこと。

にきび面の歳三は、たちまち顔を赤くしてうつむいてもじもじ、小理屈もとたんに引っ込める。

また飯桐の枝にひよどりの群れがやって来たか。ひとしきり冴えざえとしたさえずりが続いた。

「浅草御米蔵の八番堀入口の棒杭《ぼうくい》に引っ掛かっていた仏さんは、やっぱり万寿屋の甚右衛《じんえ》門《もん》さんじゃなかったようですね、松兄さん」

「らしいな」

からだを仰向けた松之介は、ようやくはなしに乗ってきそうだ。

「仏さんは水ぶくれ……なにしろ、人相も確かめられなかったらしいが、結局、左腕の二本の入れ墨で別人だということになったらしいな」

松之介は小粋な船板天井を眺めやっている。

懐にあった財布には、十両という金子《きんす》と薬種問屋万寿屋の書き付けがあり、最初は甚右衛門その人に違いないと思われていたが、まったくの別人と判断されたのだ。

「役人もてっきり仏さんを甚右衛門だとして家人をよんだようだ。だが、息子の幸太郎《こうたろう》と娘のお才《さい》も、財布は父親の物に違いないが、仏は父親ではないと言い切った」

「つまるところは、万寿屋さんの財布をかすめ取った掏摸《すり》が、運悪く転覆した渡し船に乗ったというわけでしょうが、さて、肝心の万寿屋さんはどうしたんでしょう？」

おんまいの渡し船が転覆した日とときを同じくして、万寿屋甚右衛門は姿を消していた。じつは今度の事故で、竹之丞が思いがけない関わりを持つ結果になった。

つまり、万寿屋甚右衛門の家は、竹之丞の実家の小倉家とはつながりがあるという。竹之丞の母の妹――つまり叔母《おば》が万寿屋の親戚《しんせき》に嫁いでいたのだ。

あの日以来、竹之丞は人違いの土左衛門に翻弄《ほんろう》されていた。

「それにしても、万寿屋さんが行方《ゆきかた》知れずというのが妙ですね」

「上野広小路の薬種問屋万寿屋といえば大店《おおだな》だ。主人がふいと家人に無断で何日も姿を見せねぇなんてことは、どう考えてもあり得ないもんな」

「万寿屋さんは、やっぱり秋葉さまの祭りに行くつもりだったんでしょうか」

「うむ……お才という娘は、父親が〔火防のお札〕をもらいに行くと言っていたのを耳にしていたようだが」

「まあ、万寿屋さんは、渡しに乗る前に財布を掏《す》られた、ということになりますけど、秋葉さまに行くのに十両という大金を懐に入れていたのも妙ですよ」

松之介は、今度の事件の経緯《いきさつ》をもう一度確かめるようにゆっくりと喋った。

「甚右衛門はあの日、昼すぎに店を出たという。船が転覆したのは八つ半（午後三時）ごろ……おれたちが船待ちをしていたころだが、秋葉の祭りに行くためにおんまいの渡しに来た甚右衛門は、そこで財布を掏られた。それで渡しに乗るのをあきらめて引き返した。でも、なんの因果か、掏摸の乗った船が転覆。そして野郎は土左衛門になった……」

「でも運よく難をまぬがれた万寿屋さんは、その日から店にも戻らず行方知れず……」

梅太郎は再び思案の態《てい》だ。

そのとき、離れの格子戸がカラカラと開いて、

「松兄さん、梅太郎……」

と、履物を脱ぐのももどかしげな慌ただしい竹之丞の声だ。

「どうしたい、竹」

と、こんどはむっくりと松之介は半身を起こした。

「万寿屋の甚右衛門が見つかったんですよ」

「ほう。無事だったか」

松之介の表情がほころんだ。

「いえ、それが……」

炬燵のきわに来て、竹之丞は大きくひとつ息をついた。ふっと伽羅《きゃら》の匂いがうごく。

この寮のどの部屋にも香《こう》が焚《た》き込められている。緋扇屋秀五郎は、めっぽうしゃれ者なのだ。

「聖天の為吉親分からたったいま聞いたんですが……」

聖天の為吉とは、北町奉行所同心の相川錦吾から十手をあずかる岡っ引きで、浅草聖天

町に住んでいる。

為吉の容貌は、ちょっと見は〔西向きの鬼がわら〕さながら。浅草寺の山門の閻魔《えんま》さまにもよく似ている。耳もたっぷり大きい。目ン玉もまたでかい。

そこで脛《すね》に傷をもつ輩《やから》の陰口では〔閻魔の為吉〕ということになる。

でも、聖天の為吉は、悪には強いが、まっとうな人間にはとことん優しい。が、その点がなかなか世間さまには通じない。

そういえば、西瓜《すいか》も猫も女も、とりあえずは見た目、姿かたち、それで中味の善し悪《あ》しも決めてしまうのが世のならいだ。

「で、甚右衛門は？」

と、竹之丞をせかす松之介。

「殺されていました」

「え？」

梅太郎がパチッと音を立てるように眸を見開いた。

「そりゃまた……どこで？」

松之介の濃い眉がまん中に寄った。

い、い、おんまいの渡し船転覆の件では、取るものも取りあえず北町奉行所の同心相川錦吾は聖天の為吉を従えて現場に出向いた。

いや、非番の与力や同心も大勢駆けつけていた。南町奉行所の連中の顔も見えた。

寒さに震えながらもひと働きした松之介、竹之丞、梅太郎が冷えきったからだを吉原に運んだあとだった。三人で十人も救ったらしい。大働きだったらしい。

そのあと、大慌ての助け船が六、七艘くり出されたものの、土左衛門が四体。行方知れずの者は十五人とも二十人とも言われた。さむらいたちは勝手に岸に泳ぎ着いたようだ。

ところが、難をまぬがれたはずの万寿屋甚右衛門が、その日から行方知れずになっていた。聖天の為吉はずっとこの不審の糸をたぐっていた。

四

その為吉から使いがやって来た。下っ引きの千次《せんじ》である。

「あす〔聖天饅頭《まんじゆう》〕をつまみに来ていただけまいか」

と言う。

為吉が呼び出しをかけてくるときは、きまって聖天饅頭がだしに使われる。

為吉の女房が、待乳山《まつちやま》聖天さんの門前で揚げ饅頭屋を営んでいるのだ。

米の粉に白胡麻《しろごま》を練《ね》り合わせて皮をつくり、餡《あん》をくるんで油で揚げる。

人よんで聖天饅頭。これがなかなかの風味で、聖天さまの参詣人はお茶うけに手土産《てみやげ》にと好んで買い求めるので店は繁盛している。

聖天さまの祀神《まつりがみ》は、象の顔を持った男女がしっかり抱き合っているという、なんとも艶っぽい像である。夫婦和合の神というから納得がいく。

この神さまの好物が大根で、なぜか二股《ふたまた》大根をよくお供えするが、この二股大根というのも色っぽい。そして酒と、うどん粉を蜂蜜《はちみつ》と山羊《やぎ》の乳でこねて蒸した饅頭を供えるのがならわしというわけで、聖天饅頭はそのやたら嬉しくなる故事に因《ちな》んだものらしい。

「おらあ、甘ったるいものは大きれえだ」

と、亭主為吉は口をへの字に結んでにべもない。

為吉が店裏の小部屋に竹之丞と松之介を案内した。

その昔、為吉は竹之丞の父親小倉藤之助に従僕として仕えたことがあるのだ。実直を絵に描いたような男だ。

「それにしても坊っちゃん」

「為さん、その坊っちゃんはやめてくれよ」

「へえ。でも、なにしろ小便たれのころからのおつきあいでございますんでね。竹之丞さんとは言いにくいもんで」

「それにしたって坊っちゃんはねぇよ。それにその小便たれっていうのもかんべんしてくれないか」

「それでは若さまでいきましょうかね」

「それはね、なんとなく馬鹿さま、、、に聞こえるんだよ」

竹之丞が本気でにがい顔をした。

大笑いした松之介がよせばいいのに追い打ちをかける。

「猿若町《さるわか》の芝居者と見違えられる二枚目の竹之丞も、餓鬼《がき》のころは小便たれだったのか」

竹之丞が思いっ切り松之介の膝をつねった。

「痛《いて》えッ……この優男《やさおとこ》ときたら馬鹿力なんだから！」

眉ひとつ動かさない為吉の目が、悪ふざけはいい加減にしておくんなさいと言っている。閻魔の為吉の睨みには効きめがある。

松之介は、こほん！　とわざとらしく咳《せき》ばらいをして仕方なく居ずまいを正した。

竹之丞は顔をうつむけてくすりと笑っている。

万寿屋甚右衛門は、本所石原町の硯雲寺《しょううんじ》という寺に続く雑木林で、心の臓をひと突きにされて死んでいた。

ふだんはまるで人っ気のない淋しいところで、近所の老爺がたきぎを拾いにきて甚右衛門の死体を発見した。

為吉の喋り方は重いが、はなし運びに無駄がなくけっして要点をはずさない。

為吉はすぐさま、上野広小路の万寿屋へ出向いて聞き込みをやっている。

師走を目前に控えて町はせわしなく賑わっていたが、さすがに万寿屋の店先は暗く沈んでいたという。

お内儀のみよは病身で、店のことはもとより、甚右衛門の日ごろの行動などにとんと疎《うと》く、ただただ袖で顔をおおって泣きむせぶばかり。

為吉は、息子の幸太郎と娘のお才をよんで、あれこれ訊《き》き質《ただ》した。

幸太郎はあからさまに不興不快を顔に表し、腕組みをしてそっぽを向いている。娘のお才は顔を伏せたまま、唇をきつく嚙《か》んで押し黙っていた。

為吉のあれこれの質問にも幸太郎は素直に答えようとしなかったが、やがて業《ごう》を煮やしたらしい幸太郎は、

——お父っつぁんには隠し女がいたんですよ。

と吐き捨てるように言ったとか。

どうやら幸太郎は、甚右衛門がときおり、家人や奉公人の目をかすめておんまいの渡し

に乗って、本所石原町に出かけるのを知っていたようだ。

いや、ある日そっと後を跟《つ》けて、一軒の表通りをひとつ裏に入った小体《こてい》な家に入るのを確かめていたとも言い切った。

そこでお才は幸太郎に「兄さん！」と強く言って口を封じようとした。

幸太郎は無視して喋り続けた。

お才は幸太郎にくらいつくようにして押しとどめたが、幸太郎は手荒にお才のからだを突き放した。

為吉はそこで出直すことにして、万寿屋を辞したとか。

「あの甚右衛門というおじさんは、隠し女を持つような人じゃない！　とんでもない誤解だ、そりゃあ！」

竹之丞も為吉のよく光る目を見返して言った。

「為さんも知ってのとおり、うちと万寿屋は遠縁とはいいながら所詮は武家と商家、しげしげと行き来するほど親しくはなかったけれど、ただあの甚右衛門という人は、それこそ堅物でね、浮いたはなしなど一切なかった。それだけは自信を持って言えるよ」

「そうさねえ」

松之介がなんとなく天井に目をあそばせ、したり顔の顎《あご》をなでる。

「でも、男なんて、堅物に見えても結構裏じゃあ皆さんそれなりにやってらっしゃる……ね、親分？」

松之介は為吉を親分と呼んだ。

為吉はじろりと目ン玉を動かしたが何も答えない。

「親分さんはお役目柄、人間の裏表を、というより一枚皮をひっぺがしての中味に通じてらっしゃるから、そのへんのところはよーくご存じでしょうが」

「さぁて……どんなもんでしょうかね」

為吉も顎をなでて天井を向いた。

松之介は何を思ったのか、軽く手拍子しながら調子をつけて唄い出した。

〽赤いもの見て迷わぬ奴は

　木仏、金仏、石ぼとけ〜

竹之丞がカリカリしてさえぎった。

「甚右衛門にかぎっては根っからの堅物なんですよ、松兄さん！」

語尾がピンときつくなっている。

「そう怒りなさんな。かりにも親類の人だ。悪く言われるのはいやだろうけれど、男ってえのはいろいろあるんだから。そういう竹だって、思い当たるだろうが……」

竹之丞はそんなはなしには乗らないよとばかり、ふんと鼻を鳴らしておいて、

「為さん、それでどうしたい？　その先」

と促した。

為吉は幸太郎に訊き質すまでもなく、甚右衛門が出入りしていたという石原町のその家をすぐに探し出した。

本所狸堀の北側べり、石原町の小物商いの家並みのひとつ裏側に、その家はあった。

やはり、いくら肩をすぼめたり目を伏せたりしても、あまりこのあたりでは見かけたことのない、見るからに大店の主人である甚右衛門の姿は、近所の者の印象にしっかり刻まれていた。

甚右衛門が人目に隠れて訪れていた家は、ひっそりとつましいたたずまいだった。

女は、細面《ほそおもて》の垢《あか》抜けした美形だった。ただ、顔は蒼白《あおじろ》くやつれ果てていて、痛々しいほどに打ちひしがれていた。

甚右衛門が、すぐ目と鼻の先の碩雲寺に近い雑木林で殺されたことを知っていたが、為吉が甚右衛門の名を口にしたとき、切れ長の眸がひどくうろたえて動き、たちまち涙をあふれさせた。

女の名は美乃《みの》。ついこの間まで深川で芸者をやっていたこと。お座敷での名は美乃吉《みのきち》。

いまは事情があって身を退いていることなどを素直に語った。

為吉は女が悪《わる》でないことを直感したという。

が、甚右衛門を刺した者について訊き質そうとすると、

「そのへんのことはさっぱり分かりません。関わりはありません」

と言ったきり、美乃は石のように口をつぐんだとか。

さらに、幸太郎という甚右衛門の倅《せがれ》が、

――父親はこっそり女を囲っていた。

と言っていると、単刀直入にぶつけてもみた。

美乃はゆっくりと首を左右に振った。それは違いますという意思表示のように受け取れたが、結局は何も言いわけめいたことは喋らなかった。

「あっしは、あの女が悪ではないと思ってますがね、かといって甚右衛門さんが殺されたことと一切関わりがねぇとも思えませんでね」

為吉は重い息をひとつ吐いた。

「あっしは十分に気配りしてるつもりなんですが、ただあの女、下手《へた》に追い詰めるとひょいと首をくってしまうような気がしてるんでさぁ」

店のほうが一段落したのか、為吉の女房のおとよが商い物の聖天饅頭と、大ぶりの湯呑

みにたっぷりの煎茶《せんちゃ》を淹《い》れて持ってきてくれた。

「すみませんねぇ、竹坊っちゃま。いえね、いらっしゃったのは気がついていたんですけど、店のお客さんが立て込んでいて手が離せなかったんですよう。堪忍してくださいな、坊っちゃま。ご承知のようにうちの人には自分でお茶を淹れるなんて気働きはからきしないんですからねえ。よくこれで竹坊ちゃまのお屋敷の下働きなぞ務まりましたねぇ。まぁね、岡っ引きとしちゃあ少しは気が回るようですけど、ふだんはほんとにさっぱりなんですからもう。それこそ、木仏、金仏、石ぼとけと……ほっほっほっ……」

どうやら松之介の戯れ唄を耳にしていたようだ。

為吉がおとよを睨んだが、おとよはまるで無視している。名にしおう閻魔さまも、のほほんとした太めの天女さまには歯が立たないらしい。

竹之丞が顔をうつむけて「くっくっ！」とふくみ笑いをした。

ひとりで喋りとおしてさっさと盆を置き、おとよは派手な笑い声を残してまた店へ戻っていった。

たっぷりと大きい尻を持った女である。松之介がぽかんと見送っている。

為吉は竹之丞を見やって片頬で仕方なしに笑い、松之介、竹之丞にかまわず竹楊枝《たけようじ》でぶすりと饅頭を刺すと、おもむろに口に放り込んだ。

甘い物は大きれえが口ぐせの為吉も、胸の内に屈託があるのだ。

「どうです、こいつ、いけますよ」

口をもぐもぐやりながら為吉は言う。

「うちの饅頭は甘《あめ》えが、世の中はそう甘かねぇか……」

独り言のようだ。

「なんにしても、この殺し、早いとこけりをつける気でいやすがね」

為吉はもうひとつ、饅頭を口に放り込んだ。

松之介がぷっと笑いかけて口を押さえた。それを見て、竹之丞もあやうく吹き出しそうになった。

為吉は知らん顔して、大ぶりの湯呑みからずるっと音をさせて茶を呑んだ。

さすがに唇は大きくぶ厚い。熱い茶などへっちゃらの特別仕立てと見えた。

閻魔の為吉というあだ名を思い出して、竹之丞はそのぽってりした唇をあらためて眺めやった。

そこへおとよがまた顔を出した。

「ごめんなさいよ。あんた、万寿屋さんのお才さんとかいう娘さんが訪ねて来て、ぜひお目にかかりたいと言ってますよ」

「おう。こっちへお通ししてくれ」

竹之丞が松之介を返り見た。

お才が部屋に入って来ると、空気がほっかりと温《ぬく》ったようだ。上野広小路から息せききってやって来たのだろう。

その眸には、思い詰めたようないちずな色があった。

「お才さん、どうしたい？」

竹之丞がまず声をかけた。

「親分さんにも、そして皆さんにも、やっぱりどうしても聞いていただきたいことがあって……」

為吉は丸い手火鉢をお才の前に押しやった。

おとよが「熱いお茶を……」と湯呑みののった塗りの小盆を置いていった。

お才は手火鉢に両手をかざし、こすり合わせた。汚れを知らない華奢《きゃしゃ》な指が眩《まぶ》しかった。男三人の目がなんとなく見つめていることに気づくと、ふっとその手を膝に引いた。

耳たぶが朱に染まっている。

「まだ、お父っつぁんを殺《や》った犯人が挙がらなくて……面目ねぇんだが」

為吉は律義に頭を下げている。竹之丞の遠縁だからの挨拶だろう。

「いえ……それより……」

お才がきっぱり竹之丞を見た。

「竹之丞さんはもう分かってくれているんですけど……」

竹之丞が、お才のはなしを促すようにうなずいた。

「親分さん、うちのお父っつぁんは、いえ、甚右衛門は、兄の幸太郎が言うように、女を囲ったりなんかしていません！　本所石原町へ通っていたのは、そんなためじゃないんです！」

お才は一語ずつ区切るように言い切った。

「というと、お才さんはそのことで、何か知っていなさったというわけで？」

為吉の目が光を増した。

「さあ、お才さん、はっきり言ってくれ」

と竹之丞が膝を寄せる。

「父、甚右衛門がちょくちょく大川を渡って本所石原町あたりに出向いていたのは、けっして囲い女や妾《めかけ》狂いのためではありません」

為吉がこほんとから咳をした。

「あのお美乃さんという人は、どうやらある方に頼まれて、それとなく面倒を見てやっていたんです」

「ある方に頼まれて……というと？」

　と竹之丞。

「こんなことが表に漏れると、万寿屋の商いにも差し障りがあるかもしれないと黙っていたんですが……」

　ひとつ、ふたつ、三つ——そのまま放っておけば、ずっと黙りこくっているのではと思えるほどの間があった。

　言いそびれていることがあるのだ。やっと口を開いた。

「父は、以前から尚歯会《しょうしかい》という集まりに加わっていました」

「尚歯会？」

　為吉が重い声で呟いた。

「蘭学《らんがく》とか……西洋の学問とかを勉強したり研究したりする会だとか聞いていますがね」

「ま、そういうことだが……」

　と松之介がうなずく。

　竹之丞が為吉と松之介を見返ってから、「それで？」とお才のはなしを促した。

「石原町の人も、その会のどなたかの頼みで、親切心から面倒を見ていたのだと思います」

「その、どなたかというのは……？」

為吉がすかさず訊いた。

「さあ、そこまでは存じません」

鐘が鳴りはじめた。聖天さんの暮れ六つである。

「兄は……幸太郎は知らないんです、父のことを。若いときからずっと父に楯《たて》ついてきて、父をひどく手こずらせ、さんざん心配や気苦労をかけてきました。このところ気持ちを入れ替えて店を手伝っているものの、ほんとうの父の胸の内をまるで分かっていないんです」

お才はきつく唇を嚙んでいる。

「父は、志《こころざし》を抱いていました。いまの世の中、このままでは息が詰まってしまう。日本人はもっと心を開いて、考え方を変えなければ……といつもそんなことを言っていました」

為吉がつとめてさりげない口調で訊いた。

「甚右衛門さんは、ひょっとして、江川太郎左衛門《えがわたろうざえもん》さんや高野長英《たかのちょうえい》さんとのおつきあいのことなどは……？」

「はい。耳にしたことがあります。なにしろ母が病身で、夜遅くの父の食事のことなどはわたくしが面倒を見ていましたから、二人きりでよくはなすことがありました」

松之介たち三人が思わず顔を見合わせた。

「というと、あの財布の十両という大金も、そのための資金《もとで》だったのか……」

と松之介がひとり合点する。

「つまり、甚右衛門さんは鳥居《とりい》燿蔵《ようぞう》あたりの放った刺客に襲われたことになるのか」

竹之丞が口走った。

「滅多なことを……」

為吉のひと睨みが、竹之丞の口を封じた。

お才が肩を震わせて泣いていた。

嚙みしめた唇から漏れる血をにじませたような声が、仄《ほの》暗い部屋にひろがった。

# 第二章　雪もよい怪しの刺客の堀の端

一

年が明けた。寒さは一段ときつくなっている。

松がとれてすぐ、秀五郎のお声がかりのお招《よ》ばれがあった。

「こんな住みにくい世の中、ことあらためてめでたいもないもんだが、ちょいと趣《おもむき》を変えてなじみの顔で一杯やろうかね」

秀五郎はこんなとき、けっして自分が営む料理屋などは使わない。

松之介、竹之丞、梅太郎、そして天涯弥十郎は、本所は竪川一ツ目之橋ぎわの小店に案内された。

相生町《あいおいちょう》一丁目になるのか。たしか回向院《えこういん》も遠くないはずだ。

「餅《もち》だ、おせちだのでかったるい胃の腑《ふ》に、豆腐料理なんかがいいと思いましてね」

その店は、手の込んだ四ツ目垣をめぐらせた前庭と数寄をこらした造りでひっそりとあった。

店の入口の掛け行灯《あんどん》に風雅な筆跡の〔うた屋〕という文字が見えたが、亭主は白髪の老《ろう》爺《や》、そして色の白い若い小女《こおんな》が愛想よく一行を迎えた。

亭主は、吉蔵《よしぞう》と申しますと律義な辞儀をした。

飾りけはないが、すみずみにまで心配りの行きとどいた入れ込みの土間をずいと通って奥に抜けると、中庭と池があった。植込みなどをあしらった池の回りを囲んで五つ六つの小部屋もある。

季節が季節、霜枯れてはいるもののきちんと手入れは行き届いている。

池を囲んだ小部屋には、他人目《ひとめ》を忍んでの逢引《あいびき》の男女がいる気配があった。

「うまいものを食べさせる店は、目に立たないところにあるもんでね。いやさ、自分の店が富岡八幡門前などの盛り場にあるのに、ぐれはまめいたことを言うようだが」

ぐれはまとは、物事に対する理屈や思いが食い違うことをいう。

松之介たちは、富岡八幡門前の緋扇屋の料理を口にしたことがないから、あいまいに笑ったが、弥十郎は、

「緋扇屋の料理は、まさに名実ともにといえるほどに美味だ」

と太鼓判を押していた。

五人が座に着くと、それを待っていたかのように、池の水面《みなも》にちらちらと小雪が落ちはじめた。まだ八つ半（午後三時）ごろのはずだが、あたりは仄暗《ほのぐら》い。が、眺めとしては水墨の一幅《いっぷく》の絵――侘《わび》とか寂《さび》とかいうのだろう。

秀五郎は吉蔵に〔豆腐之味模様〕なる料理を注文した。

亭主と小女の手ぎわのいい支度で、温かい小部屋の卓はたちまち初春らしい器で彩られる。

まず、湯豆腐にはじまり、揚げ田楽《でんがく》、炒《い》り豆腐などの小鉢が並ぶ。浅草海苔《のり》をまぜ合わせた豆腐を茶巾包《ちゃきんづつ》みにして蒸《む》し上げた小紋《こもん》豆腐、さらに、鯛《たい》や山芋《やまいも》を擦りまぜた伊勢豆腐など、淡味にして滋味にあふれたあれこれが楽しめた。

舌で味わう前に、目でもたっぷり旨味《うまみ》が味わえる趣向だ。

酒もほどよく人肌で、酒の強い松之介も早々に酔った。

弥十郎が秀五郎の盃《さかずき》に酒を注ぎながら言う。

「人間は豆腐で生きたいね。角があって柔らかく……」

「人間もいろいろ……豆腐といってもいろいろありますが、なかなか思うにまかせませんなぁ」

と答える秀五郎の飲みっぷりは、きりっと小気味いい。

「ささて、これから出るものは、この秀五郎が格別に注文した野趣に富んだもの、まあ、お楽しみあれ」

秀五郎好みの濃い藍《あい》色の皿が出た。なんと大人の拳《こぶし》ほどもある芋の蒸したのが、ふたつころんとのっている。そして、焼麩《やきふ》を浮かべた赤味噌《みそ》の椀《わん》と香の物。なんとも素朴で愛《あい》嬌《きょう》のある献立である。

「これは何ですか」

と松之介。

「八《や》つ頭《がしら》でもないし、さつま芋とも違うし……」

は梅太郎の独り言。

竹之丞は物珍しげに眺め回して、

「こりゃあ、じゃがたら芋だ！」

ほっかりと蒸しあがった熱々のじゃがたら芋に塩をふって、松之介ははふはふと言いながら食した。竹之丞も梅太郎もすこやかな食欲をみせる。

屈託なげなそんな若者たちを目を細めて眺めやる秀五郎も満足げだ。

「このじゃがたら芋は、慶長《けいちょう》三年（一五九八）ごろ……つまり関ヶ原の役の前あたりか、もとはといえば阿蘭陀《オランダ》船が持ち込んできたものだ」

弥十郎がゆっくりと語る。

「さつま芋は以前からあちこちで栽培されてきたんですが、じゃがたら芋のほうはもうひとつ広まりが遅かったようで」

秀五郎の言葉に弥十郎がうなずく。

「かの高野長英さんあたりが、しきりとこのじゃがたら芋と早蕎麦《はやそば》の栽培をすすめたのですが、それでもなかなか手をつける百姓が少なかったらしい……」

秀五郎がしみじみと言った。

「そういえば、大坂町奉行所の与力を務めておられた大塩平八郎《おおしおへいはちろう》さんも、公儀の勝手で米が不足し、民百姓が音《ね》をあげるのを見かねて抗議の兵を挙げましたな……」

昨年天保《てんぽう》八年（一八三七）二月、大塩平八郎は大坂奉行所に対して決然と立った。

時の東町奉行は、老中水野忠邦の実弟、跡部山城守良弼《あとべやましろのかみよしすけ》だった。

彼が新将軍徳川家慶《いえよし》の祝賀のための用米を買占めたため、米が払拭《ふっしょく》し、たちまち値が高騰したのだ。

これは跡部山城守が実兄水野忠邦の実績づくりのために、強引に押しすすめたことで、大塩平八郎は大いに怒ったのだ。

しかし、二月十九日の挙兵の日を前に密告者が現れ、抗議の挙兵は混乱のさなかで決行されたが未遂に終わった。

つね日ごろから食うや食わずの民百姓を思っている渡辺登《のぼる》や高野長英らは、このことを大いに口惜《くや》しがった。

大塩平八郎は、翌月三月二十七日自裁した。幕府には大きな衝撃を与えた事件だったが、それ以上に長英らのささやかな勉強の集い、尚歯会の面々を動揺させたのだった。

一同は、しばし、箸《はし》をとめて、それぞれの思いにふけった。

弥十郎が気持ちをあらためるように言った。

「でも、高野長英さんのすすめをすぐ実行した百姓たちもいて、このところ打ち続く米の凶作でも、じゃがたら芋を植えつけていた地方では飢《う》え死にする者がなかったとか」

「江川さんもこのところせっせと、あめりかやえげれす人が食すぱんとかいう保存食の研究に余念がないそうですね。あの人はえらい……」

伊豆韮山《いずにらやま》の代官江川太郎左衛門は、ずっと幕府の命をうけて鉄の鋳造に力を注いできた人間だ。

「その江川さんご自身も、人を殺す大砲を作るよりも飢饉《ききん》を救うための保存食を作るのだと、小麦の粉をこねては焼いているそうですね」

松之介たちも、弥十郎と秀五郎のはなしには心して耳を傾ける。

「だから、このじゃがたら芋のもうひとつの名を〔お助け芋〕とよぶのだよ」

松之介たちは、じゃがたら芋を頬《ほお》ばる手をとめて「ほう」とうなずく。

「飢えにあえぐ百姓を救うのがじゃがたら芋やぱんなら、病み衰えた近ごろの日本を救うのは、高野長英さんや江川太郎左衛門さんかもしれんなぁ、秀五郎さん」

弥十郎は、さりげなく高野長英と江川太郎左衛門の名をまた口にした。

柔らかい微笑で応《こた》えた秀五郎のまなざしは、あらためて三人の若者にそそがれる。

松之介たちも、為吉の店で万寿屋のお才の口から高野長英の名を聞いてから、蘭学者としての高野長英についてそれなりに調べていた。

高野長英は、三河《みかわ》の田原藩の江戸詰め家老である渡辺登（華山《かざん》）や、大坂は岸和田藩のご典医《てんい》だった小関三英《おぜきさんえい》らと志《こころざし》を結び、医学や芸術だけではなく広く阿蘭陀をはじめとする海外の国々との交流について、積極的に研究をしていた。

松之介たちもかねがね、弥十郎や秀五郎の胸の底にある志や思いをそれとなくおもんぱかり、それなりに感じ取ってはいた。が、そのことについてあからさまに語り合い、議論したりすることはなかったが――。

天保八年六月、アメリカ船モリソン号が、漂流していた日本の漁民たち七人を伴って浦賀に現れた。だが、浦賀奉行は問答無用とばかり砲撃を加えてモリソン号を追い払っている。

この事件に関して、高野長英は渡辺登らと与《くみ》して幕府の軽はずみを批判した。いや、正面きっての批判というものではなかった。志を同じくする者の尚歯会といった集まりなどでの感想や、内々での文集「夢物語」にその論旨を載せたものに過ぎなかった。が、それが人伝《ひとづ》てに喧伝《けんでん》され、やがて公《おおやけ》になってしまったのだ。

その後、高野長英たちの考え方や行動に対して、水野忠邦に直結する目付の鳥居耀蔵らは、かなり警戒の目を光らせていると聞いた。

なにしろ鳥居は、頭から蘭学ぎらいの保守派だった。高野らの言動には、つとに神経を尖《とが》らせていたらしい。

鳥居耀蔵は、伊豆の代官江川太郎左衛門と組んで外国船渡来に対する〔江戸湾の海防〕のための調査に携わってきたのだが、なにごとも洋式を採用したがる江川とはことごとに対立した。

鳥居一派は、小笠原貢蔵《おがさわらこうぞう》なる者を頭《かしら》に現場の作業をした。

江川側は、高野長英の弟子の内田弥太郎《うちだやたろう》を現場責任者にした。

この調査の結果に対しては、江川が提出した資料が正確さで数等勝るものとの評定があり、鳥居は面目を失うことになった。

その後、御倹約令を楯《たて》にした鳥居一派の江戸市中取り締まりは、あらゆる面で厳しくなり、またその陰では蘭学を志す者に対して手加減のない糾弾《きゅうだん》が強化されていた——。


暮れてから雪になった。

十分に美酒を味わい、粋《いき》をこらした豆腐料理に満足した五人は〔うた屋〕をあとにした。亭主吉蔵は、番傘を五本揃《そろ》えて貸してくれた。なんでしたら提灯《ちょうちん》も、というのを秀五郎は辞退した。

「くれぐれもお気をつけて」

吉蔵はていねいに五人を送り出した。

雪はたいしたことはなかったが、寒さが加わっていた。

弥十郎は歩き出すとすぐ、妙なことを言った。

「若い者三人に、きょうはちょっと面白い場面をごらんにいれられるかな」

酒のせいか、弥十郎の口も軽い。

若者三人が顔を見合わせている。

「初春狂言でいえば〔雪之堀端剣之舞《ゆきのほりばたつるぎのまい》〕というところか」

秀五郎は、弥十郎の言葉をにこやかに笑って聞いていた。

「そういやぁ、万寿屋の甚右衛門さんが殺《あや》められたのも、この近くでしたなぁ」

秀五郎は誰にともなくそう呟《つぶや》く。

確かに、甚右衛門が刺された硯雲寺や、あの謎の女お美乃が住む石原町は、ここからそう遠くない。

「もし、見物する気があったら、わしらと一緒に来るがよかろう。そうさな、十間ばかり間をおいて、跟《つ》いてきたらいい……」

弥十郎が言い足す。

「でも、言っておくが、何があっても黙って見物していることだ。木戸銭は只《ただ》だから、なんにしても損はない」

松之介たちはまた顔を見合わせ、やむなく言われたとおり、十間ほどの間合いをとって二人のあとを歩くことにした。

秀五郎と弥十郎は、なにやら楽しげに談笑しながら先を行く。

左手に亀沢町。そして、荒涼と広がる馬場がある。

そこを過ぎると、たっぷりと水をたたえた堀割を挟んで御竹蔵の土塀がえんえんと続いている。

「お二人は、どういう気でいるんでしょうかね」

梅太郎がちょっぴり不満げな声で言う。

「小雪もよいの道をあてもなくそぞろ歩くというのも、これ風流のうちということだよ」

竹之丞のせりふは誰にともなく言った。

「この道は、どうやら石原町に出る道だな」

ぞくりとするのか、松之介は首をすくめる。

右手に南割下水が見えてきた。

そういえば、すぐ右に折れると津軽《つがる》藩上《かみ》屋敷があって、その向かい側は伊豆韮山代官の江川太郎左衛門の江戸屋敷があったはずだ。

人影のない道だった。雪は相変わらずたいしたことはないが、風が少しあるせいでかしげた傘の内へ雪片が舞い込んでくる。

松之介たちは、前を行く二人の姿に目を配りながら歩を進める。

と、バラバラと足音が起こった。

右手の屋敷塀の切れ目から、数人の黒い影が走り出た。

手に手に抜き身をかざしている。

秀五郎と弥十郎は傘を捨て、さっと堀端に跳んでいた。

秀五郎は堀を背に立ち、弥十郎はその秀五郎を庇《かば》うように構えて剣を引き抜いた。

手拭《てぬぐい》を盗人《ぬすっと》かむりした男たち三人の姿は、破落戸《ごろつき》ふうである。

だが、弥十郎を囲んだ白刃の構えは、さむらいのものだった。

松之介が思わず腰のものに手をかけた。

竹之丞が、その手を強い力で押しとどめた。

「弥十郎さんとの約束を忘れまいぞ、松兄さん」

なぜか刃物を見ると悪寒が走るという梅太郎は、肩をすぼめて身震いしている。だが梅太郎は、拳法神道天心流《こっぽうしんどうてんしんりゅう》の力技を得意とするのである。

手出しを止められているので武者震いしているのかもしれない。

寒気のなかに、蒼白《あおじろ》いような殺気が広がった。

半弧の中心の男が声もなく斬《き》り込んだ。

弥十郎の刀が受けた。鋭い火花が散った。

間髪を入れず左右の男たちが動いた。右の男は、右上段から斜めに斬り下ろす。すかさず左手の男が跳んで右から左へ横薙《な》ぎに払った。

弥十郎のからだがそのつど撓《しな》い、伸縮するような舞いを見せた。それも一瞬だった。

三人の刺客はそれぞれに奇声を発して、たちまち地べたに這《は》っていた。

残りは二人——さっと刀を引いて、石原町の方向へ無言で走り去った。

秀五郎は、そのありさまを腕を組んだまま見つめていた。

松之介たちが駆け寄る。

見物していた若者三人のほうが、緊張のせいで息を荒くしていた。

「お見事です！」

「なに……」

弥十郎は懐紙で刀を拭いながら言う。

「食後の腹ごなしには、もう少しからだを動かしたいがな」

弥十郎に軽く一礼した秀五郎が、何もなかったかのようなおおらかな声で答える。

「でも、豆腐もじゃがたら芋も、いたくこなれがいいですから」

二人は軽く笑い合った。

地べたに突っ伏した男たちのからだを、はや薄雪が覆っている。

ふと、弥十郎の口調があらたまった。

「三日前、ついこの先で、江川太郎左衛門さんの邸《やしき》から帰る渡辺登、高野長英さんたちが、やはり得体の知れない奴《やつ》らに襲われているんだよ」

松之介たちは、弥十郎を見返った。

「世の中、妙な具合になってきた。ますます剣呑《けんのん》になってきたな」

「というと、こいつらは……？」

松之介が急《せ》っつくように訊《き》いた。

「おまえさんたちの想像のとおりだよ」

傘を拾った弥十郎と秀五郎は、さっさともう歩きはじめている。

「やっぱり、こいつら鳥居の手の者か」

松之介が竹之丞に言った。

雪がひときわ強くなっていた。

松之介はふと背後に気配を感じて振り向いた。

屋敷塀に沿った闇に影が動いた。

松之介が目を凝らしてさらに確かめようとすると、その影は素早く身を退いて、あっという間に闇に溶けた。

――あいつは、おんまい河岸の渡し場に婀娜《あだ》っぽい女と一緒にいた、納戸茶の角頭巾のさむらいでは？

松之介は胸のうちでそう呟いて、男が消えたあたりをあらためて透かし見た。

梅太郎がぶるるとまた身を震わせた。

二

聖天の為吉は、下っ引きの千次を追いとばして、万寿屋甚右衛門殺しの下手人探しに躍起になっている。が、どうやらたぐり寄せる糸を見出《みいだ》せないでいるようだ。

松之介たちは、秀五郎のお招ばれで本所相生町の〔うた屋〕に出かけた帰り道、突如刺客五人が襲ってきた現場に立ち会った。

秀五郎も弥十郎も、刺客に狙われていることをわざわざ松之介らに見せつけたのだ。そしてその刺客が鳥居の手下らしいことも知った。

さらに万寿屋甚右衛門も奴らに狙われたのだろうと、秀五郎は言った。

だとしたら、奴らは町方の為吉などにたやすく尻尾《しっぽ》を摑《つか》ませるようなへまはすまい。

——いったい、秀五郎と弥十郎は、高野長英あたりとどういうつながりがあるのだろう。また、そのへんのところを聖天の為吉はどう考えているのだろうか……？

三人はそれぞれ、思案をめぐらせた。

一月十五日は小正月。

お店者《たな》には心嬉《うれ》しい藪入《やぶい》りである。

十一日の鏡開きの日から、御家人の次男坊である梅太郎は赤坂の実家に呼びつけられて帰っている。

父親がいまだ矍鑠《かくしゃく》としている梅太郎にとっては、格式張ったわが家に帰るのは心嬉しいというわけにはいかない。

たぶん、一族郎党揃っての正月の集まりで、ふだんあまり家に寄りつかない梅太郎は、親父どのあたりにお年玉がわりの叱言《こごと》でも食らっているのかもしれない。

松之介も竹之丞も、父親が年始の挨拶《あいさつ》回りに出向いている隙《すき》を狙って実家に戻り、母親や長兄への挨拶を要領よく済ませていた。

なにしろ正月だ。一度も顔を出さなければ、あとになってしつこくしきたりうんぬんを言われるから、とにもかくにも年賀の挨拶は欠かせないのだ。

いってみれば、ふだんがふだんだから止むを得ない。

そして、きょう十六日は、〔初閻魔《はつえんま》〕である。

御蔵前の長延寺をはじめ、浅草ならば大円寺、正智院、そして誓言寺が賑わう。

閻魔さまともなれば、やはりそこはそれ〔閻魔の……〕と異名をとる為吉親分の生《なま》のご尊顔を拝もうと、松之介と竹之丞は、湯島からわざわざ聖天さま門前の為吉の店まで出かけた。

殊勝というより要するに暇なのだ。

相変わらず繁盛の聖天饅頭を切り盛りするおとよは、饅頭を包む手も休めずに、

「なにしろ閻魔さまの日ですからねえ、閻魔の為吉も大忙しで出歩いているんですよう」

と福々しい顔で言った。

女には珍しく、といえるのかどうかしゃれや冗談を心得ているのだ。

それにしても、真面目《まじめ》を絵に描いたような為吉のことだ。小正月だの紋日《もんび》だからといって、薄ぼんやり無聊《ぶりょう》をかこっているような無駄なことはしない。

――探索が手詰まりになったら、一にも二にも歩くこと。履物をいくつ履き潰《つぶ》すかが岡っ引きの誠意の証しだ。

足のまめは、さむらいの竹刀《しない》だこと同じだと言う為吉である。

いつ帰宅するか分からない為吉への挨拶はあきらめて、松之介と竹之丞はぶらぶらと浅草奥山《おくやま》へと足を向けた。

江戸っ子はよく働くというが、その反対にじつにこまめによく遊ぶ。

奥山は相変わらずの賑わいである。

なんのことはない、人が人の群れを眺めながら、人に揉《も》まれて小突かれて、また人の背を押しやって流される――こうなれば掏摸《すり》、置引《おきびき》、掻《か》っ払《ぱら》いの稼ぎどきだ。

浅草寺《せんそうじ》本堂の前は、参詣人《さんけいにん》の頭がひしめいている。まるで芋洗い桶《おけ》の芋だ。

そこで、お賽銭《さいせん》をあげるのも掌《て》を合わせるのもずるこけて、信心ごころの薄い二人はさっさと左に折れる。

そして、坂東《ばんどう》十三番聖観世菩薩《ぼさつ》さまのある砂利道を往《い》きかけると、案の定、

「掏摸だあっ！」

女の金切り声があがった。

面白半分の野次馬が、それっとばかりに声のあがったあたりをめざして詰めかける。

「掏摸を捕らえろ！」

と怒鳴る声はあるものの、人の頭が大波小波さながら揺れ動くさなかで、どれがどれやらさっぱり見当もつかない。

財布を盗《と》られた女の声が、そこでこんどは、

「ひえッ！　助けてぇ！　踏み潰されるぅ！」

と泣き声に変わっている。

三、四間先の雑踏の流れの中にふと首をめぐらせて、こっちを見つめる目があった。右

の目尻に黒子《ほくろ》のある顔はあのさむらいだった。

だが、松之介と視線がぶつかると、そそくさと背を向けて人混みに没した。

おんまいの渡し場と、あの雪もよいの本所の堀端とが松之介の記憶の底でつながった。

「おい、竹、こっちの道もだいぶ難儀だな」

「なんとかここから脱け出しましょう」

二人は、大川の水を掻くように両手を動かして人の波から逃げ出した。陸《おか》の上でも神伝流泳法は役に立つ。

「それじゃあ、どうせぶらぶら歩きの帰り道、孔雀《くじやく》茶屋にでも寄ってみますか？」

孔雀茶屋は、下谷《したや》広小路に近い円満山広徳寺前にある。

広徳寺は浅草からの広い往還に面して構え建つ。なんといっても〔加賀百万石〕の加賀さまを檀家《だんか》に持つ名刹《めいさつ》で、寺領地一万坪と広壮な境内をほこる。

この寺ではいわゆる門前町を作らせない。その代わり、海の向こうから持ってきたという珍しい鳥たち――孔雀や九官鳥《きゆうかんちよう》、おうむ、瑠璃《るり》鳥、青がらすなどを囲いに入れて見物させる孔雀茶屋がある。

緋毛氈《ひもうせん》の縁台の客に茶を出す娘たちは、これまた囲いのなかの鳥たちに負けず劣らず愛らしく、こちらも日ごろ客たちの人気を集めているのだ。

二人は下谷広小路への道をのんびり足を運ぶ。――広徳寺も参詣人で賑わっていた。

松之介と竹之丞が、お目あての葭簾《よしず》張りの孔雀茶屋の土間に足を踏み入れようとしたとき、「人殺しだあっ！」というだみ声が弾けた。

転がるように、さんばら髪の細っこい若い男が飛び出して来た。血のりをまとった匕首《あいくち》を握っている。

カッと目を剝《む》いているものの、興奮のあまりに空虚がきているらしく、その目は見えるものも見ていない。ただやみくもに突進する。

竹之丞は素早くからだを躱《かわ》してやり過ごしたが、あとから入って来た松之介がひょいと足払いをかけた。

突んのめった男は床几《しょうぎ》に激突してひっくり返った。

「助けてくれぇ！　見逃してくれぇ！」

男は哀願するように叫び、必死に身を起こすと通りの人込みに突っ込んで逃げた。

店の奥から三、四人の男たちが石塊《いしくれ》の奔流《ほんりゅう》のように走り出して来た。

いかつい肩をゆすって、見るからに猛々《たけだけ》しい。どこやらの大名の渡り中間《ちゅうげん》か折助《おりすけ》か。

〔折助根性〕という言葉があって、こすっからく横暴で下司《げす》な――という意味に使われているくらいで、奴らは揃って素行が悪い。善良な庶民は彼らを敬遠している。

「野郎ッ！　ひっ捕らえろッ！」

と、口ぐちに喚《わめ》き散らして店を飛び出していく。

「どうも、巷《ちまた》は物騒ですねぇ」

「やっぱり竹よ、湯島の丘の上は安穏でいいなぁ」

と言いながらも松之介は、瑠璃鳥の囲いの前の人だかりを覗《のぞ》いてみる。

刺された男はごろんと地べたに転がっていた。仏様というにはかなり人相が悪い。

「この男は、どうやら、大関《おおぜき》能登守《のとのかみ》さまあたりの中間で、下手人を追って飛び出していったのもその仲間だ」

知ったかぶりの遊び人ふうの男が喋《しゃべ》っている。

察するに、慌てふためいて逃げた若い男も、町方が踏み込めない大名屋敷の隠れ部屋での博奕《ばくち》仲間か。

「いやぁ、あの男、匕首引き抜きながら、姉さんの仇《かたき》だ！　と喚いていましたよ」

わけ知り顔でそう言ったのは、商家の若旦那《わかだんな》ふうのへらへらした男だった。

「正月早々、血なまぐさいことばかりで、いやンなりますね」

「まったくな」

と、言いながらも、松之介はまだ野次馬にまじって熱心に覗き込んでいる。

たっぷり肥《こ》えた孔雀茶屋の亭主が出て来て、まず自身番を呼びにやり、騒ぎ立てるな、骸《むくろ》に手を触れるな、などと店の男衆にうろたえることなくてきぱきと指示している。血だの刃物だの人殺しだのといったことに、さして動じていない。揉み手と笑顔で覆った土性《どしょ》っ骨《ぼね》はなかなかのものとみた。

松之介と竹之丞は孔雀茶屋をあとにした。

「きょうはどうも、ツキがないようですね、松兄さん」

「まぁな。掏摸だ殺しだのと物騒なことばかりだが、でも、直《じか》に関わったわけじゃねぇからいいとしようぜ」

二人は枯れ蓮《はす》の不忍池《しのばずのいけ》の荒涼としたほとりを回り込んで切通し——湯島天神下に出た。社殿を頂く小高い丘を登るには、急な男坂と緩やかな女坂がある。

二人はためらうことなく急な男坂を登る。

石の階段の両脇や斜面には、白梅紅梅の木が点在している。形よく整えられた枝の先にはもや、早咲きの小花が清らかな香りを漂わせて咲いている。

〽梅一輪むすぶ小枝のおみくじに

つもる思いの春の雪〜

即興なのかどうか、松之介のはな唄《うた》が出た。

「松兄さんは、酒なしでも、出るんですねぇ」

竹之丞の足も口も軽やかだ。

「おう、聖天饅頭を食っても、こんなはな唄の二つ三つは出ようってもんだ」

松之介は、高い鼻のわきを人差し指で掻いた。これは、ちょっと得意になったりてれりしたときの彼のくせである。

浅草ほどではないが、ここも正月らしく、境内は着飾った参詣人でさざめいている。

二人は裏手から境内に入り社殿のわきを抜けて水茶屋の前を通りかかった。

「おや？」

と言って松之介が足を止める。

「どうしました」

松之介は答えず、水茶屋の陰へずかずかと回り込んだ。

いきなり、手水鉢《ちょうずばち》の向こうから跳ねるように飛び出した男がいた。

「あッ……さっきの匕首の男！」

竹之丞が叫んだ。

男はまっしぐらに松之介、竹之丞が登ってきた男坂のほうへ駆けた。

思わず竹之丞が追おうとする。

が、五、六間ばかり先を転げるように走っていた男が、いきなり砂利を蹴散《けち》らして踏みとどまり、踵《きびす》を返すとこんどはこちらに向かって引き返してきた。

社殿のわきから目を吊《つ》り上げた男たちが、ばらばらと現れたのだ。孔雀茶屋の荒くれ中間どもだ。人数が十人ほどに増えている。

若い男は、怯《おび》えきった目で男たちの動きを追いながら、松之介と竹之丞にすがりつくように、ささくれ立った声で訴えた。

「助けてくだせぇ！　助けて……お願《ねげ》えだ！　おれは、姉貴の仇を取ったんだ！　ただの人殺しじゃあねぇ！」

三

松之介は何を思ったのか、男の肩をひっ摑むとその耳に低い声で言った。

「よし！　それじゃあ、ここを真っすぐ行って、左手の妻恋稲荷の裏の森に逃げ込め！」

男はいまにも泣き出しそうな顔でうなずくと、前に突んのめるようにして走り出した。

「竹！　正月の初遊びだ！　とは言っても、天神さまの境内でやると罰が当たる。あいつらをからかいながら、同朋町の原っぱに引っぱり出せ！」

松之介が早口で言う。嬉しそうな顔をしている。

嬉しそうな顔をする場合ではない。

「松兄さん……物好きもいい加減に……」

竹之丞の非難の言葉が終わらないうちに、男たちの群れが迫った。

「おい！　おれが相手だ！　こいッ！」

松之介が男たちの行く手に立ち塞《ふさ》がった。

正月の獅子頭《ししがしら》を思わせるような、いくつものいかつい顔が、申し合わせたようににたりと笑った。

「まったく……無茶なんだから！」

ぶつくさ言いかけた竹之丞も、いきなり乱闘に巻き込まれた。竹之丞の体当たりを食らって、男がふっとんだ。

男たちのからだは例外なく、竹之丞の倍もありそうな嵩高《かさだか》だ。

とんだ揉め事がおっぱじまった気配に、参詣人たちが難を恐れて、もう拝殿の前にひとかたまりになって居すくんでいる。

松之介は、さっさと正面の鳥居の方向へと後ずさりながら、追いすがる者の顔面に手刀を打ち、摑みかかる腕を捻《ひね》り、突進する者の鳩尾《みぞおち》に拳《こぶし》を叩《たた》き込んでいる。

竹之丞はもっぱら逃げの一手で、力ませの毛むくじゃらの強腕をかいくぐって、男たちを苛《いら》つかせた。とにかく、京の五条の橋の牛若丸もかくやと思われるほどの敏捷《びんしょう》な足さばきだ。

「竹！　行くぞッ！」

松之介が背を向けた。とりあえず逃げるのだ。

竹之丞も続いた。

鳥居を出てすぐ左に曲がった。同朋町といっても、芝の三田、日本橋などにも同様の町名があるが、この同朋町はなんといっても起伏が多い。なにしろこのあたりは坂あり、崖《がけ》あり、切通しあり、石段ありで、でこぼこと地形が定まらない。

松之介がまるで童《わっぱ》のように小躍りしながら先を行く。

念の入ったことに、振り返ってはあかんべえをしたり、舌を出して、べえ！　なんぞとやるのだ。

竹之丞も呆《あき》れながらも、つい調子を合わせてしまう。

「やーいやい、こっちだこっちだ、やーいやい！」

軒の低い家が片寄せ合う一画を抜けると、枯れ草の荒れ地に出た。台地である。東南の方角がひらけ、目を遮るものがない。つまり枯れ草の向こうは切り立った崖なのだ。

業《ごう》を煮やした男たちは、子どもじみた挑発にのったのか、鼻息を荒くして二人を追い回す。

松之介と竹之丞はひたすら走り、枯れ草の原を動き回った。

屈強を売りものにする男たちも、むやみやたら駆けずり回されて、やがてだらしなく息を切らした。

頭から人を小馬鹿にしたような若造二人に、男たちは肚《はら》の底から苛立っているのだが、とにかく捕まえられない。

男たちはいまやうんざりした表情で佇《たたず》み、息を荒らげて額の汗を拭《ふ》いている。

そこではじめて松之介と竹之丞は抜刀した。

奴らはぎくりとして身構えたが、ふと気づけば、崖を背にして立っていたのだ。逃げ場がない。

「さぁて、それではここで、ひとり残らず斬り刻んで進ぜようか。ときはあたかも正月だ。中間折助の膾切《なますぎ》りとは間合いがいいぞ。ただし、おまえらの根性が腐っていると、とても食えたもんじゃないだろうがな。それでは竹、斬りまくるぞ」

松之介はわざと素《す》っ頓狂《とんきょう》な声をあげる。

「とう〜ッ！」

松之介が大きく跳んで、刀を横に薙《な》いだ。返す刃が男たちの顔前で躍った。前面に立っていた男数人が仰天してでんぐり返った。

「たあ〜ッ！」

松之介はますます図にのる。

竹之丞も負けじと、大音声《だいおんじょう》で刀を振り回す。

どうせどこやらの部屋住みのぐうたら息子、ひと捻《ひね》りしてくれようぞと高を括《くく》っていた中間どもは、思いもよらない気魄《きはく》の太刀《たち》さばきにたちまち気圧《けお》されていた。

一方、悪がき然とした二人は、このところまた、とことん力を出し尽くす機会に恵まれることがなく欲求不満だったから、いつの間にか本気で血を熱くしていた。

思いっ切り暴れることで胸の澱《よど》みやつかえがすっと消えてゆく。爽快《そうかい》だった。

とはいえ、松之介にも竹之丞にも、斬る気などさらさらない。勝手に暴れているようなものだ。

しかし中間どもには、真剣そのものに見える。

正月の悪酔い酒もふっとんで青くなった。どたどたと浮き足立って右往左往——戦場《いくさば》の鬨《とき》の声のような蛮声《ばんせい》と、やたら荒っぽく振り回される刃にきりきり舞いさせられ、ずるずると後退した。

崖っぷちであった。

松之介と竹之丞が奇声を発し、刀をもうひと振りすると、まず三、四人がたじろき、足を踏みはずしてがれ場をずり落ちた。残りの男たちも、二閃《にせん》三閃する白刃に脅《おび》えて跳び退り、悲鳴と一緒に崖下に消えた。

松之介は竹之丞を見やり、相好をくずし、肚の底から大声をあげて笑いこけた。

「少し、悪遊びが過ぎるんじゃあないですか。刃物嫌いの梅太郎がいたらそれこそぶんむくれですよ」

竹之丞がはなしかけても、松之介の笑いは止まらない。

「だいいち、あの匕首の男、庇《かば》ってやる意味があるんですかね」

「いいじゃねぇか、竹。孔雀茶屋の野次馬も言っていたし、そして本人も口走っていたが、奴は、姉さんの仇を取ったってはなしだ。なんだか知らないけど、事情があるんだろうよ」

「でも、人殺しは人殺しですよ。軽はずみですよ、正月早々」

「ほらほら……竹はやっぱり、木仏、金仏、石ぼとけだな。もし、不都合なことがあるなら、これからでもあいつをひっ捕らえ、番所に突き出しても遅くはねぇだろうが」

「松兄さんは、ほんとにいい加減なんだから」

「ぷりぷりしなさんなって、色男」

松之介は、竹之丞の肩を抱いて、

「なあ、正月の初遊びにしちゃあ、結構面白かったじゃねぇか。この前の秀五郎さんや弥十郎さんが襲われたときと違って、真剣味には乏《とぼ》しかったけどよ……」

松之介は、このひと暴れでだいぶせいせいしたようだ。

二人は軽口を叩きあいながら歩く。

湯島天神と妻恋稲荷は目と鼻の先だ。一段高くなった稲荷を左に見て、二人が緋扇屋の寮への小径《こみち》に足を踏み入れたとき、

「お力添え、ありがとうごぜえやした！」

と背後で声がした。

振り向くと男が地べたに這いつくばっていた。

「なぁに、ことのついでと言っちゃあなんだが、こっちの都合で少し図にのって遊ばせてもらっただけよ」

松之介はまだおちゃらけている。

男はひたすら助けられたことに対しての礼を述べた。

そして、自分は武州《ぶしゅう》北足立郡戸田村《きたあだちごおりとだむら》の加助《かすけ》という百姓だと、ささらのような頭をさらに低めて言い、殺した男は姉の仇だったと青ぐろい唇をわななかせて口早に言い足した。

年はたぶん二十五か、六だろう。やつれ汚れた貌《かお》は三十にも三十五にも見えたが。

松之介がはなしを聞いてやるからと、加助を寮に誘った。

意外なことを言われて、加助はおろおろと返答に窮している。顔が強《こわ》ばっている。どう見ても小心で臆病《おくびょう》者だった。人を殺した恐怖がずっと彼の心を金縛りにしているのかもしれない。

加助は小柄なからだを、これ以上小さくできないほどにすぼめて、それでも素直に松之介のすすめに従った。

空木《うつぎ》の垣根をめぐって寮の裏口へ回る。

いつものことながら、あたりは掃き清められていて快い。

喜十が「おかえりなさいまし」と温かく柔らかい声で迎えてくれる。松之介たちが居《い》候《そうろう》だからといって、いい加減に扱ったりしない。

松之介が加助を見返りながら、喜十に声をかけた。

「わけあって、客人をひとり連れてきました」

松之介の言葉遣いがていねいなのは、主人の秀五郎がふだん、下働きにすぎないこの老爺をそれとなく大事に扱っているからだ。

それだけではない、いつも物腰のおだやかな喜十には、実際、狎《な》れなれしく踏み込めない何かがある。

いや、それはけっして不快なものではない。むしろ、思慮深く、思い遣りに満ちた者だけが持ち得るふくよかな尊厳のようなもので、それとなく人の気持ちを謙虚にさせる不思議な力を持っているのだ。

喜十は苦労人だった。この寮番に雇われる以前は百姓をしていたというが、わけあってその後は日雇取りや野菜の担い売り、けんどん蕎麦屋《そばや》などいくつもの商売をしたと聞いたことがある。

喜十は、見るからに穢《むさ》い加助の姿を見ても親しげな表情ひとつ変えず、孫娘のお袖に、

「釜《かま》の湯を水で薄めて差しあげておくれ」

と言いつけた。

板間を拭き掃除していたお袖もすぐに立ってきて、手桶にぬるま湯を用意し、手拭を添えて加助にすすめた。

お袖もまた、いつもの機嫌のいい表情は少しも変えない。

ここでも加助はひどく緊張し、それこそ米搗《こめつ》きばったのように頭を下げた。

松之介も竹之丞も、もちろん梅太郎も、喜十やお袖には朝な夕な、きめこまかく世話になっていることを素直に感謝している。

自分の実家でごろごろしているときには不満や不平が先走って、こんなふうな謙虚な気持ちを持てなかった――そのことを三人ははっきり自覚している。

それもこれも、緋扇屋秀五郎という男の人徳があってのことと、三人はあらためて考えてみたりすることもある。

顔を拭い、髪をなでつけ、衿元《えり》をきっちり整え直した加助が、

「こんなにご親切にしていただいて……ありがてえことで」

と、松之介たち三人が使わせてもらっている離れの部屋の入口でまた這いつくばった。

武州北足立郡戸田村は日本橋から三里、板橋宿と蕨《わらび》宿の中間にある。

荒川の増水や氾濫《はんらん》で戸田の渡しが出ないと、旅人たちは岩淵《いわぶち》や千住《せんじゅ》を迂回《うかい》しなければならない。しかもこのあたりの川はちょくちょく暴れて旅人たちを困らせる。旅をする者にとってはなにかとなじみの土地だった。

「ところで、姉の仇うんぬんというはなしだが……」

松之介が訊いた。

「へえ。姉は美乃と言いますだ……」

訥々《とつとつ》と語りはじめた加助のはなしに、松之介と竹之丞は目を剝《む》いた。

戸田は将軍家の御鷹場《おたかば》だった。とくに、中野、目黒、品川、葛西、岩槻とならんで、御

鷹場としての戸田には、たびたび将軍御鷹狩りの一行がやって来る。

御鷹さまとその鷹を扱う鷹匠《たかじよう》の権威は、あたかも将軍や大名その人と同等のようで、粗相や無礼はもってのほかだ。

御鷹場に定められた土地の百姓は、ふだんでも戦々恐々としていた。というのも、いつ現れるか分からない将軍一行のために、つねに〔鳥見役《とりみやく》〕と称する役人が巡視していたからだ。

住民に不都合なことがあればびしびしと叱責譴責《しつせきけんせき》し、庄屋たち村役を容赦なく罰したりもする。

鳥見役は、将軍家の隠密を兼ねているなどといわれていたが、百姓にとってそんなことはどうでもいい。

それよりも、彼らが将軍に直接従うという役職を笠《かさ》に着て、百姓の暮らしを踏みにじることが許せない、と加助が言いつのった。

「鳥見役というお役人のもとで働く、餌《え》撒役《まきやく》という者がおりますが、ご存じで？」

加助の質問に、松之介も竹之丞も首を横に振った。

「鳥見役とは、とりあえず表向きは、将軍のお鷹さまが好物の雉子《きじ》や雁《がん》や鴨《かも》たちがちゃんと御狩場にいるかどうかを確かめるのがお役目。密猟するような不心得者は、もちろんきつい御咎《とが》めをうけますだ。それこそ根も葉もない噂ばなしだけでも容赦なく引っ捕えますだよ」

そのあたりのことは、松之介も竹之丞もとくに詳しいわけではないが、なんとなく聞き知っていた。

松之介はそこでふと思い出した。

──そういえば、あの喜十は……？

喜十は確か板橋宿在の徳丸《とくまる》の出で、何かの折りに御鷹さまの餌に供するおけら虫のことを語っていたことがあった。

松之介も、鳥見役なる者が御鷹さまの生餌《いきえ》として毎日雀《すずめ》十羽、それに季節によってはい、おけらという虫を、しっかり確保しなければならないことなどを聞いていて、いくらお役目をいただいたとしても、そんなお務めは金輪際《こんりんざい》かんべんしてもらいたいと思ったりしていた。

松之介に言われて、竹之丞が喜十を呼んだ。

松之介が、

「一緒にはなしを聞いてやってほしい」

とやってきた喜十に言った。

喜十は「おじゃまにならなければ」と、座敷の隅に座した。

松之介が加助との関わりをかいつまんではなすと、喜十があらためて加助を見やった。まるで、親父さまが慈しみ育てた自分の伜《せがれ》を眺めやる目だ、と竹之丞は思った。見ず知らずの自分を快く迎えてくれた喜十に、加助はあらためてていねいに会釈をし、はなしを続けた。

「鳥見役のお手伝いとして餌撒役というのがおりますだ。餌撒役とは鳥を呼び寄せるために明け方と八つ刻（午後二時）の毎日二回、鳥たちが来そうな定まった場所へ籾《もみ》や粟《あわ》などを撒く係でごぜえやす」

とくに秋から冬にかけて餌の少ない時季に、強制的に百姓が仰《おお》せつかる仕事だという。

松之介と竹之丞は興味深げに耳をすまし、喜十は黙ってうなずいた。

「だが、ほとんどただ働きで、餌撒役の百姓は自分が忙しいと、よく代わりに女房や子どもにやらせたりしますだ、へえ」

喜十はそのあたりの事情を承知しているらしく、加助のはなしを促すように大きくうなずいた。

「枯れ果てた畑や田んぼに撒かれる、この御鷹さまの餌はそりゃあ大事にされてまして、うっかり踏みつけようものなら、そりゃあどえらいことになるんでごぜえます」

「どえらいこととは……たとえば、どうなる？」

松之介がずばりと問う。

「いきなりお手打ちとまではいかないものの、打擲《ちょうちゃく》されたり、小突き回されたり……罰はそれはきついものでごぜえます」

喜十がそこで、松之介と竹之丞にこう言った。

「痛い思いをしたくなかったら、相応の金子《きんす》をお詫《わ》び料として用意せいということでございますよ」

「つまり、袖《そで》の下か？」

松之介が呆れたように言う。

「そういうことです」

「じゃあ、その撒いた餌を不用意にも踏みつける人間が多いほど、彼らの収入《みいり》が増すというわけだな」

竹之丞が詰めていた息を吐いた。

鳥見役は餌撒役の百姓に命じて、撒く場所をわざとあちこちに変更させるという。いってみれば、つい知らずにお鷹さまの餌を踏みつける人間が増えることになる——。

「で、加助、そのほうの姉さんは？」

加助は唇を嚙んで沈黙した。

「姉の美乃は、まるで身に覚えがないにもかかわらず黒塚利平《くろづかりへい》という鳥見役に引っぱられやして……」

「身に覚えがない？」

松之介の顔の筋肉がきりっと締まる。

「へえ」

「もっと分かりやすくはなしてくれ」

「ある日、御鷹さまのために撒いた餌を踏みつけた者がいるということで、お取り調べがありやした。そのとき、鳥見役の黒塚利平から餌撒役を仰せつかっていた百姓の文三という男が、姉の美乃を犯人だと申し立てまして……」

喜十が、なんとなく背筋をしゃんと伸ばした。

「どうやら文三のかみさんが、足元の暗い朝まだき、うっかり餌撒き場に踏み込んだことを……姉のせいにしたようで」

松之介がなじるように言う。

「同じような苦労や難儀を分かち合うはずの百姓同士が、そんな理不尽なことをするのか」

代わって、喜十が答えた。

「百姓は、自分が万が一、思いもかけない窮地に追い詰められたりすると、まさかというような嘘をついて、責任を人におっかぶせます」

唇を噛んで、加助はうなずいた。

竹之丞が口を開いた。

「そのほうの姉さんを名ざしたということには、もっとほかにも理由があったのではないか？」

加助は竹之丞に向き直り、

「へえ……姉は、黒塚にずっと目をつけられておりやした」

「御鷹狩りなんぞという、どうでもいい遊びのついでに、人間まで弄《もてあそ》んでいる！」

竹之丞が吐き捨てるように言った。

「で、姉さんはどうした？」

「あっしらには、袖の下として差し出す金などありませなんだ。ただ、一生懸命身に覚えがないと申し開きましたが……」

「それで？」

うつむいたままの加助の肩が小きざみに顫《ふる》えている。

喜十がたまりかねたように、息をついた。

「黒塚にさんざんいいようにされて……とうとう、戸田から姿を消しやした」

「いいようにされて……か」

竹之丞の声が沈んだ。

加助は、膝《ひざ》に置いた拳をぎりぎり音を立てるように握りしめている。

「戸田を出る前に首を吊ろうとしたりして、自分で何度か命を絶とうとしました。それをなんとか思いとどまらせたのでごぜえやすが……」

「いま、その姉さんはどうしている？」

松之介の声は優しい。

「その後、芸者になって……深川あたりで生き永《なが》らえていたのでごぜえやすが……」

言葉尻がのどで詰まった。そのぶん、息遣いが大きく荒くなった。

「川にでも身を投げたのか、すっかり消息が途絶えちまいやした」

「ところで、そのほうが孔雀茶屋で殺《あや》めた男は、鳥見役の黒塚利平ではないな」

松之介が加助の顔を覗き込む。

「へえ……黒塚は腕っぷしの立つさむらい、とうていあっしの手には負えません。孔雀茶屋で刺した男は、その後大関能登守さまの中間折助に化けた文三で」

「文三は黒塚の手蔓《てづる》で、百姓の足を洗ったってえわけか」

「姉を人身御供《ひとみごくう》にして成り上がった、薄汚ねえ鬼でごぜえやす」

そこで加助は堪《こら》え性を失くしたか、頭を抱えて突っ伏し、のどを絞って哭《な》いた。

「ところで、もうひとつだけ訊く」

松之介が膝をすすめた。

「深川で芸者をやっていたというその姉さんだが、何という名で出ていたのかい？」

やっと気を鎮めた加助が、

「人伝《ひとづ》てに聞いたんですが、確か美乃吉とかいう男名前でした」

松之介が、竹之丞を返り見てうなずいた。

「加助さん、そのお美乃さんという姉さんに逢いたいかい？」

加助が目をしょぼつかせて、松之介の顔を見つめる。

「と、言いやすと？」

「達者でいるらしいよ」

「え？」

青ぐろいような加助の顔に血の気が差したようだ。

「姉の美乃が生きている？　そりゃ、まことのことでごぜえやすか？」

「ああ。そのうちに引き合わせてやろう」

松之介が喜十に言った。

「居候のおれたちが頼めた義理じゃあありませんが、この加助さんをちょっと匿《かくま》ってやってくれませんか。このまま外に出すのも危ないし、それにだいぶ疲れているようだ……」

「親兄弟にも言われたことのないようなお言葉をかけてもらって……ほんとうにすまねぇこってす……」

加助は、正座の膝をきっちり合わせて恐縮しきっている。

喜十は細めていた目を開いて、

「承知しました。秀五郎旦那にはわたしからはなしておきましょう」

喜十はすぐ立って、部屋を出た。

喜十の気働きや思い切りのいい行動力には、松之介も竹之丞も一目おいている。なんにしてもただの年寄りではない。

「竹よ」

ずっと黙りこくっていた竹之丞に、松之介がはなしかけた。

「ちょっとばかり、またここでむきになろうかい。この加助さんのためによ」

竹之丞はにっこり笑って応じた。松之介の言わんとしていることを無言で察しているのだろう。

襖《ふすま》越しに「失礼します」というお袖の屈託のない声がした。

「新しいお茶をお持ちしました」

お袖は、炬燵《こたつ》の卓板に盆を置く。打ちひしがれた加助をわざと見ぬふりをしている。

「お風呂を沸かしました。よかったらお客さんに入っていただいたらいかがでしょうか」

お袖は十四歳。目の醒《さ》めるような色白で――というわけにはいかないが、健康そうな小麦色の艶《つや》やかな肌ときらきら光る眸《め》をもっている。くるくるとよくからだを動かす利発な娘だ。

「おお、そうかい。お袖ちゃんは気が利くなぁ。この竹が、いずれお嫁さんにしたいとよ」

松之介の軽口が出た。

竹之丞は拒まず悪びれず、いかにも嬉しげに微笑してみせた。

「百姓の娘っこが、おさむらいさんのお嫁さんにしてもらえるわけがありませんよぅ」

お袖は、口に手を当てて、くっくっとふくみ笑いをしながら逃げるように去った。

ひっつめにした髪がよく似合う。くっきりした衿足にはそこはかとない色香もある。

「さ、加助さん、遠慮せずに、お風呂をもらうといい」

加助はなぜかそこでまた、だらしなく哭きはじめた。

喜十が戻ってきて、加助を抱えるようにして連れ去った。

心やからだの弱った人間には、なんでもないような優しさも、快く痛いように沁《し》みるものだ。

「竹よ、あの加助ってえ男だが、なんとか逃げのびたとしても、このまま放っておけば、結局は追っ手に捕まっちまいそうだな」

「そうですね、もうとことん力を出し切ってしまっているようで、痛々しい」

「姉さんを犠牲《いけにえ》にした文三って野郎を殺《や》るので目いっぱいだったんだ」

「それにしても……」

松之介がしみじみと呟いた。

「加助が、あの石原町の女の弟だとは、妙なはなしだな」

「まったくですね」

松之介は、お美乃が高野長英の囲い者だということは、加助にわざと言わなかった。

「松兄さん、竹兄さん……」

実家に帰っていた梅太郎が、あたりがぱっと明るくなるような笑顔で入ってきた。

「梅太郎、ただいま戻りました」

「おう、梅。おふくろさんのおっぱいに吸いついてきたかい」

「松兄さんは、すぐこれなんだから」

とたんにくだけて、しなやかなからだを炬燵に滑り込ませる。すがすがしい顔をしている。

「どうやら本所の初狂言〔雪之堀端剣之舞〕のあとは、お二人は、小人閑居《しょうじんかんきょ》しっぱなしだったようですね」

「おっと！　それは見当違いだね。なぁ、竹」

竹之丞は、ふふふと笑っただけだが、松之介はそれがくせの、小鼻のわきを人差し指で掻いた。

「少しは世のため人のためになるようなことをしないと、秀五郎さんに申しわけが立たないですよねぇ」

そう言いながら、梅太郎はかたわらに置いた桔梗《ききょう》色の風呂敷包みを解いた。

小籠《こかご》に干柿《ほしがき》がぎっしり詰まっている。

「磐城《いわき》の伊達《だて》から送ってもらった干柿です。お口に合うかどうか分からないけれど、ぶら下げてきました」

「ころ柿、干柿、あんぽ柿か。こりゃ珍しい」

「見た目に色気はありませんが、味はなかなかですよ」

松之介はさっさとひとつつまんでいる。

「渋柿も天日《てんぴ》の恵みで甘くなり、か」

調子をつける松之介に、すかさず竹之丞がまぜかえす。

「人生のえぐい渋いも味のうち、と」

「竹も近ごろ言うじゃないか」

松之介が嬉しがるのへ、梅太郎ものった。

「おぼこ娘は泣いたすねたで磨かれる、なんてことでいいんですか？」

「おや？　梅はおふくろさんのおっぱい吸ってきて、少し大人になったんだ。へえ！」

三人はあけすけに笑い合う。

その声が鎮まるのを待って、梅太郎が訊いた。

「母屋に、見かけない客がいるようですね」

松之介が生真面目な顔をつくった。

「おう、見たかい。竹とおれが拾ってきた男だよ。それがどうやら、万寿屋甚右衛門さんと関わっていた石原町の女……ほら、深川で芸者をやっていたという美乃吉の、実の弟らしいんだ」

「え？　あの男が？」

梅太郎のにっこりする顔には華《はな》があるが、大真面目に構えた顔にはもうひとつ凜々《りり》しい魅力が加わる――。

「人生のえぐい渋いも味のうち……か、うむ」

食いかけた干柿をつくづく眺めやった松之介が呟いた。

# 第三章　人の世は行きつ戻りつ土手八丁

## 一

梅太郎は、日本堤――吉原《よしわら》への土手八丁を歩いていた。

幼なじみの松崎与四郎《まつざきよしろう》と会う約束があるということで、湯島の緋扇屋の寮を抜けてきたのだ。

松崎与四郎は梅太郎と同様、父親は松崎文五郎という小譜請組《こぶしんぐみ》である。

しかも与四郎は三男坊。幼いときから暴れん坊で人一倍気性の荒かった彼は、十五、六歳のころから勝手放題なことをやったあげくに家を出た。というより家を追われた。

こともあろうに彼は、悪友の引きで吉原三曲り坂五十間道、通称衣紋坂《えもんざか》にある編笠《あみがさ》茶屋に住み込んだ。

武家の子弟がなんたること！　と当然周囲から非難の的になったが、与四郎は髷《まげ》も装束《なり》もさっさと町人に変身して、さらに父親を激怒させたらしい。

吉原大門《おおもん》への坂は、日本堤の往来を行き来する高貴なお方や、身分のある武家の者に色里の景観が直接目に触れないように、わざと三曲がりに道を造ったというのだが、遊客はこの屈折した坂道をもっぱら、衣紋坂としゃれて慣れ親しんだ。

衣紋坂という名の由来は、体面を気にするさむらいや、色里に足を踏み入れることを禁じられている僧侶《そうりょ》がこの編笠茶屋へ立ち寄り、編笠を借りて顔を被い、衣装なども町人ふうに借着し、衣紋——つまり衿元《えりもと》や着付けをこの坂であらため整えて、いそいそと登楼するのが習わしだったからだ。

この編笠茶屋は、妓楼《ぎろう》との連絡役《つなぎ》もやるが、貸衣装や貸小道具屋も兼ねる。

とりたてて差し障りのない町人たちも、この茶屋で、鏡に向かって鬢《びん》を梳《す》いたりしてめかし込み、また、一杯ひっかけて勢いをつけ大門をくぐる。

いわば吉原べったりの便利業だった。

正月もなかばすぎの下谷広小路の雑踏のさなかで、梅太郎は松崎与四郎に出くわした。すっかり町人に成り済ましている与四郎は、見違えるほどにいきいきとしていた。

梅太郎もその変わり様《よう》には戸惑うと同時に、強い羨望《せんぼう》をおぼえた。

よく、水に合うとか合わないとか言うが、人間、居着くところが自分の性向と合わないと、なんとなく命の勢いが削がれる。その逆にうまく水に合うとまるで生まれ変わったように活気づくのだ。

「梅さん、あんたもほとんど家には寄りつかないらしいな。久しぶりに、気楽な者同士で世間ばなしでもしようじゃないか。気が向いたら吉原衣紋坂の茶屋、鈴屋《すずや》を覗《のぞ》いてみてくれ。待ってるぜ」

歯切れよく言って、くるりと踵《きびす》を返した与四郎の立ち居振る舞いもいなせだった。にっこり笑っての流し目にも艶《つや》があった。

鈴屋は、大門に近い小綺麗なたたずまいの店だった。

思い立つままに鈴屋を訪ねた梅太郎を、与四郎は快く迎えてくれた。

衣紋坂の風は冷たかったが、一歩足を踏み入れた鈴屋の見世の内は、やはり色里で商いをする茶屋らしく、雰囲気もふんわりと柔らかく小粋である。

梅太郎は客ではないので、小庭に面した裏部屋で与四郎と向き合った。

料理だ酒だというもてなしは強く辞退した。

それでもと与四郎は、お茶がわりと一升徳利とぐい呑《の》みを持ってきて、どっかとあぐらをかいた。

やることなすことに町人らしい磊落《らいらく》さが表れていて、梅太郎はあらためて見惚《みほ》れた。

「刃物は見ただけで身震いするという梅さんだが、それでもまだ肩の凝る二本差しかい。ご苦労なこった」

と言いながら、備前焼《びぜんやき》か、温《ぬく》もりの感じられる素朴なぐい呑みを梅太郎に持たせ、巧みに酒をすすめた。

「かりにもさむらいの格好をしていりゃあ、刀を差さないわけにはいかないから……」

「さっさとおれみてえに、町人に成り済ましたらどうだい」

いっとき手に負《お》えないほどに荒《すさ》んだ与四郎だが、短い間に浮世の苦労をたっぷり味わったとみえて、すっかり人当たりがよくなったようだ。

この鈴屋のあるじは重蔵《じゅうぞう》といって、鼻っ柱の強い与四郎をそっくり包み込むようにして面倒を見てくれたと聞いていた。

あれこれ語る与四郎の言葉の端はしにも、重蔵に対しての恩義を感じているらしい様子が窺《うかが》えた。

梅太郎もいま、緋扇屋秀五郎の湯島の寮に世話になっていることなども正直にはなした。

「この鈴屋の重蔵さんも太っ腹なお人だが、緋扇屋秀五郎さんというお人も、なかなかの人物と聞いているよ」

与四郎はそれ以上、詮索《せんさく》するようなことは言わなかった。

つましい御家人の次男三男に生まれた者の悲哀や痛みは十分に分かっているから、梅太郎に対しても、それなりの心遣いをしているのだ。

なにやら店のほうが騒がしい。吉原の昼見世《なか》めあての客が結構早くから出入りするのだ。

もう一刻ばかりが過ぎていて、梅太郎もそろそろ腰をあげる潮どきを考えていたときだ。小女《こおんな》が廊下を走り込んできた。

「与四さん！　お店で暴れているお客さんがいるんです。取り押さえてください」

剣の心得のある与四郎は、用心棒を兼ねているのだ。

「一見《いちげん》さんかい？」

「いえ、きのう与四さんが丁字屋さんにお送りした……ええと」

「おう、あの山田《やまだ》か」

「はい！　山田さまです」

「いま丁字屋さんの若い衆がついてきていて……山田さまがあんまり暴れるんで、手こずってます」

「梅さん、お聞きのとおりだ。そういやあ、梅さんも山田を知ってるだろう」

「あの山田朝右衛門《あさえもん》の伜《せがれ》……利一郎《りいちろう》かい」

「そうだ！　じゃ、ちょいと見てくる」

そそくさと立った与四郎について、梅太郎も店への廊下を急いだ。

山田利一郎がひと暴れしたあとだった。

さいわいほかの客はいない。いや、関わりを恐れてみんな逃げたか。

小上がりのさして広くもない座敷に蒼白《そうはく》ともいえる顔を晒《さら》し、山田利一郎が土足のまま突っ立っていた。

衝立《ついたて》を蹴《け》倒していた。座卓もひっくり返っていた。

「どうも困ったもんで……あっしらで、なんとかと思ったんですがね……」

丁字屋の若い衆が腰を低めて言った。

屈強な男である。俗に言う牛太郎《ぎゆうたろう》である。向こうっ気も強い、腕っぷしも強い。廓内《くるわない》での揉《も》め事の一切を処理する彼らに怖いものはない。

ただ、まがりなりにも山田利一郎がさむらいであり、その山田利一郎を丁字屋に案内してきた与四郎も本来の身分がまたさむらいであることを、この牛太郎は知っている。手荒なことは控えているのだ。

飲んだくれの乱暴者のことで、のこのこ鈴屋まで来たのも、仕方なしにということだ。ふつうの客なら、とうに半殺しの目に遭わせているはずだ。

山田利一郎はもともと、目鼻立ちの整った端正な容貌なのだが、眸《め》は赤黒く濁っていたし、頰《ほお》はこけ、額《ひたい》にはほつれ髪がかかっていて、穢《むさ》いほどに身やつれしている。じろりと粘るようなまなざしが与四郎を捉《とら》え、さらにそのうしろにいた梅太郎に絡みついた。

「なんだ、こんなところに、辻梅太郎もいるのか。どういうわけだ……？」

首が、からだが揺れる。こめかみに青い筋が浮いてみえる。癇《かん》が昂《たかぶ》っているのだ。

与四郎も利一郎も梅太郎もごく幼い折りに、内神田の四天流本庄助十郎の道場で、竹刀《しない》や木剣の汗を流した仲であった。

その後、山田利一郎は父親山田朝右衛門の麴《こうじ》町の屋敷内の道場で、ほかの門弟たちと父親から直々《じきじき》に剣の訓導を受けることになって、顔を合わせることもなくなった。

梅太郎も、竜崎鉄馬という神道天心流の流れをくむ男に拳法《けんぽう》を習うために道場を変えた。

「ふん……貧乏御家人の、跡目相続に関わりのない小倅なんて野良犬みたいなものか。松崎与四郎といい辻梅太郎といい……お互いさま情けねぇなあ。とんでもないところで顔を合わせるもんだ」

利一郎は「お互いさま情けねぇ」と言ったが、彼自身は松崎与四郎や梅太郎と異なって冷や飯食いの部屋住みではない。山田家の歴《れっき》とした世継ぎである。

その利一郎が座敷にぺっと唾《つば》を吐いた。

与四郎が、

「外に出ろ！」

と声を荒らげた。

「ここは店だ。その無作法はなんだ。商いを邪魔することは許さない」

連れ出そうとする与四郎の手を、利一郎も折り目正しい男だった。が、いまここに見る

山田家はすべてが厳格な家柄で、利一郎が乱暴に振り払った。

彼は酒毒に蝕《むしば》まれた無頼無作法な輩《やから》だ。

「もしお許しいただけるなら、あっしが外へ連れ出しますぜ」

牛太郎が苛《いら》ついている。げじげじの眉《まゆ》がひくひくと動く。もともと武家の若い子弟など

に怯《おそ》けをふるうような男ではないのだ。

「そう言ってはなんですが、この山田さま、このところますます酒が荒れるようで……」

与四郎がふてくされている利一郎をあらためて見やる。

牛太郎はあけすけに言いたてる。

「いえ……このたびも、とどのつまりは、溜《た》まっているお支払いの金子《きんす》をご持参いただ

けなかったので、居続けをご遠慮願ったというわけでして」

「借金溜まっているのか」

「へえ。見世のほうからも、麹町のご実家にいただきに上がるようにと、しつこく言われてるんですがね」

与四郎が、こんどは強引に利一郎の手を摑《つか》んで座敷から引きずり下ろした。

「つ……つべこべと……けッ、うるさいわ！」

酒は、呑む者の心根が狂っていると、正に気を違《たが》える狂い水になる。ろれつが回らない。叫んだ声が裏返っている。

その利一郎が腰の物を抜き放った。横薙《な》ぎの刀の切っ先が、牛太郎の頰《ほお》をかすめた。右の頰に鮮血が噴き出した。

「野郎ッ！」

牛太郎が吠《ほ》えて、袖《そで》をたくしあげ身構えた。

が、また利一郎が斬《き》りかかったので、刃物を振り回すことを差し控えている牛太郎はぶざまに尻餅《しりもち》をつき、土間を後すさった。

「山田、刀をおさめろ！」

与四郎の制止の声にかえって煽《あお》られるように、利一郎はなにやら喚《わめ》きながらやみくもに暴れる。

だが、その動きのなかには自分で自分をけしかけているような白々しさが、あからさまに見えた。

無腰の与四郎は辛《かろ》うじて身を躱《かわ》すが、利一郎はしつこく斬りかかる。

「梅よ！　頼む」

刀を携えている梅太郎に、与四郎が助けを求めた。

梅太郎はくっきりした眉をちょっと寄せたが、やむなく大きくうなずくと、利一郎に対して身構えた。腰の物には手を触れない。両手を下方に向けて、すんなり立っている。

「利一郎、酒の酔いをかりてうっぷんを晴らすなど、おまえらしくもないな」

「説教は不要だ、梅太郎」

「その姿、哀れとしか言いようがない」

「黙れッ！」

利一郎がいきなり斬りつける。梅太郎は上体を柔らかく捻《ひね》って躱す。

さらに、利一郎が横薙ぎに一閃《いっせん》する。

梅太郎は一瞬速く利一郎のふところへ跳び込んで、顎《あご》を横合いから削ぐかのように鋭く拳《こぶし》を振っていた。

利一郎は頭をのけぞらせると、嘘《うそ》のように他愛《たわい》なくそのままへたへたと崩れ倒れた。顎をかすめた拳で毛細血管が切れ、気を失ったらしい。

牛太郎が、利一郎の背後から羽交い締めにした。

与四郎がすかさず刀を取りあげ、さらに小刀を抜き取った。

「仮にもさむらいだと思うから手加減してやれば、いい気になりやがって……」

牛太郎がぎりぎりと締めつける。

その痛みで利一郎の意識が戻ったようだ。

「ひと昔前なら、伏桶《ふせおけ》にぶち込んで道端に晒《さら》しものにしたんだが」

伏桶とは、死人《しびと》を入れる棺桶《かんおけ》を逆さに置いて、その中に無銭で遊んだ客をとじ込める。糞《くそ》小便たれ流しのまま放置する。未払いの金を誰かが払い込むまで、外には出してもらえないのだ。無銭飲食を封じるための見せしめだった。

「丁字屋さん」

与四郎が牛太郎に訊《き》いた。

「この山田利一郎の借金はいくらくらいあるんで？」

「ざっと二十両ばかりですよ」

「二十両……」

「こいつはふた言めには家に取りに行けと抜かしやがるんですが……」

と、牛太郎の言葉遣いは荒っぽくなっている。

「どうやら遊び金を支払ってくれるような親じゃねぇようで」

頬を斬られた牛太郎のむかっ肚《ぱら》は、たやすくおさまりそうもない。

力まかせに締めあげられている利一郎は、さすがに唇を嚙《か》んでうつむいている。

「よくは知りやせんがね、親御さんの山田朝右衛門さんとやらは、御試御用《おためしごよう》だの首斬り役人だのと聞きやすが、やたら金回りがいいというじゃありやせんか」

利一郎がまたもがく。

牛太郎の腕が容赦なく締めあげる。

首斬り役人というが、山田朝右衛門は役人ではない。

本来は奉行所の若い役人が罪人の首斬り役を仰《おお》せつかっているのだが、未熟な腕では首を斬り落とすことは難しい。そこで元禄《げんろく》時代（一六八八〜一七〇四）、試し斬りの手練《てだれ》であった浪人山田貞武が、この首斬り同心の代役を引き受け、以来、世襲制で現在すでに六代を重ねているとか。

代々世襲といわれているが、大方が実子ではなく養子を仕立てて継承させてきたようだ。もともと、首斬り同心は二百俵という軽輩、彼らが属しているのは七百石の幕府腰物奉行である。

しかし、首斬り同心に代わって御用を務める山田家の実収入は、一万石の大名に匹敵するといわれていた。

もちろん、首斬りという作業を通じ、将軍家や大名諸家から刀の〔試し斬り〕を依頼されて過分の礼金を受領してもいる。

一方、斬首した罪人の骸《むくろ》からすぐさま肝を摘出、日蔭干しにして膏《あぶら》を絞り出し、労咳《ろうがい》の薬として売り捌《さば》く副業で多大の利益をあげているという事実もあるようだ。

首斬りという残忍な仕事に対して親族一同、やはり戸惑いためらうものがあるからこそ、実子に継がせずに養子を後継者にしたのだろう。

また同時に、いっそそれならばと、空恐ろしいような役得をも駆使してせっせと蓄財に励んできたのではないか。

牛太郎はあけすけに、そのことを口にした。

「首を斬り落として罪人の肝で金儲《もう》けするなんざあ、鬼か蛇《じゃ》だ。そんな家を継がなきゃならねぇこのお方も哀れだなあ」

すでに神経もからだも酒の深い酔いで麻痺《まひ》させて打ちひしがれていた利一郎が、その牛太郎の言葉でまた弾かれたように熱《いき》り立った。

すでに刀は取り上げられている。それでもまだ喚き暴れる利一郎の脳裏には、そんな自分のみじめで無様な姿がくっきり映し出されているのではないか。

牛太郎は黙って利一郎の右腕を掴むと背に回し、ぎりりと捻り上げた。けもののような声が弾けた。

牛太郎は構わず力を加える。呻《うめ》く利一郎の唇の端からだらしなく唾液《だえき》がしたたった。

「待ってくれ！　金はなんとかするから、その男を放してやってくれ！」

与四郎が牛太郎に頭を下げた。

牛太郎は利一郎の骨っぽい背を突き飛ばした。

土間に這《は》いつくばった利一郎は襤褸屑《ぼろくず》のように見えた。

梅太郎が駆け寄った。

利一郎は突っ伏したまま、食い千切らんばかりに下唇を噛み、声をおさえ込み、大粒の涙をしたたらせていた。

二

「それにしても松兄さん、あの為さんがわたしたちを駒形《こまがた》の小料理屋に招《よ》んでくれるなんて、ちょいと合点がいきませんねぇ」

竹之丞は、稲荷町から松ケ谷への浅草通りを歩きながら、三度もそう言った。

大川にうっすらと夕靄《ゆうもや》がかかっている。

その淡い闇《やみ》に点々と炎が揺れる。白魚《しらうお》漁の船がかかげる篝火《かがりび》である。

寒ざむとした川面《かわも》も、大ぶりの三角網を操る白魚漁の船が出張ってくると、大川の夜景がぽっと和らぐ。

〔将軍さまの食膳《しょくぜん》に供するための白魚漁〕というお墨附をいただいている佃島《つくだじま》の漁師たちのこの船は、川を上り下りする荷船や吉原通いの猪牙《ちょき》船などを押し分けるように川面を占拠し、わがもの顔で三角網を仕掛ける。

本拠地の佃島周辺はもちろん、浅草今戸のあたりまでが格好の漁場で、その夜景の華やぎは、名のみの春をあでやかに息づかせる。

聖天の為吉親分が、湯島妻恋稲荷裏の寮に下っ引きの千次を使いに寄越した。

松之介、竹之丞、梅太郎の居候三人と一杯やりたいというのだ。

松之介と竹之丞に断る理由などない。

が、梅太郎は「ちょっと野暮用で」と口ごもって今宵《こよい》は別行動をとった。逃げたのだ。

まだ十八歳の梅太郎には、十手持ちの親分と同席するなど、なんにしてもかったるいのだ。それこそ、上野広小路あたりの、やたら陽気な矢場《やば》の女でもからかっているほうが楽しいのだろう。

いや、幼なじみの男と久しぶりに会うとか言っていたが――。

「合点がいくもいかないも、今宵はあの商売ものの聖天饅頭を食わされるというわけではないんだから、いいじゃねぇか」

松之介は機嫌がいい。

為吉の女房おとよが商う聖天饅頭はけっしてまずくはないが、わざわざ出かけていって饅頭だけをパクパクやるというほどのものではないと、松之介は言うのだ。

「駒形の河岸にある川升《かわます》ってえ店は、なかなか味のある店だぜ。店の構えや造りはとうてい富岡八幡宮門前の緋扇屋にはおよびもつかねぇが、財布の軽い輩には安心して呑み食いできる、それこそ嬉《うれ》しい店だよ」

「松兄さんは、もうおなじみですか？」

「なじみというほどのものじゃあないが、二、三度それとなく入ったことがあるんだ」

「こまめに歩き回っているんですねぇ」

「野良犬みてぇに言ってくれるなよ！」

どんと竹之丞の背をどやした。

「ま、駒形の川升となれば、やっぱり酒は初荷で入った新酒の灘《なだ》と願いたいな。それもち、ろりで熱燗《あつかん》といきたい。そして、飯蛸《いいだこ》の酢味噌《すみそ》に新牛蒡《ごぼう》のきんぴら、芹《せり》か三ツ葉なんぞのおひたしなんてところが好みだな」

松之介の調子のいい言い草に、竹之丞はふくみ笑いで答えるばかりだ。

小女が〔かわます〕としるされた店の軒の掛行灯《かけあんどん》の芯《しん》を整えている。ふわりとあたりに明るさが広がった。

袖が滑って露わになった二の腕がやけに色っぽい。

「聖天の親分さんはもう見えてるかい？」

竹之丞の問いかけに、

「お待ちですよ」

と、小女の気分のいい声。

川升の店前の川面にも、白魚漁の篝火が水に映ってゆれている。

「おう、そうか。この季節は白魚料理が食えるんだ。聖天の親分は、顔に似合わず粋なお人だぜ」

竹之丞が、為吉が待っているはずの二階を見上げて、

「しッ！　顔に似合わずは余計でしょうが」

と声を低めて抗議した。

二階の奥の間で為吉は、膝を揃えて待っていた。

「忙しいところを、恐れいりやす」

と、いつもながらの律義な挨拶《あいさつ》をしてくる。

「いえね、道すがら、この竹が……いや、竹之丞さんが、為吉親分が今宵は江戸の粋をご馳走《ちそう》してくれると言うもんで、童《わっぱ》みてえに胸ときめかしてやって来ましたよ」

「そんなに言っていただくほどのことはできやしませんが、白魚漁の篝火を肴《さかな》に一杯やりながら、ちょいとおはなしをと思いましてね」

竹之丞が真面目な顔を作って訊く。

「なにか、こみいったはなしでもあるのかい、為さん」

「ま、その前に、やっぱりちろりの熱燗といきましょうかね」

十手持ちの、岡っ引きのといっても、さして収入《みいり》はよくない。でも為吉はやっぱり、おかみさんの聖天饅頭で懐はうるおっているのだ。

掌《て》を鳴らして小女をよび、心得顔の為吉が酒と料理を注文する。

「板場をあずかる清次ってえ男は気が利きますんで、いいようにみつくろってもらうことにしました」

と言いながらも、やっぱり呑み食いだけの席ではないらしく、為吉が妙にかしこまっている。

「そういやぁ、ここの白魚には、徳川さまの葵《あおい》の御紋のしるしがあるっていうけど、ほんとですか、親分」

松之介が思いつきを口にする。

「そりゃあ、つまり、徳川さまの恩顧で佃島に住みついた漁師たちが言っていることでしてね」

天正《てんしょう》（一五七三〜一五九二）のころ、徳川家康が上洛《じょうらく》の際、摂州《せっしゅう》は多田の権現さまの社《やしろ》に参詣《さんけい》しようとしたところ、神崎《かんざき》川に橋がなく、渡し船とてない。そこで西成郡《にしなりごおり》の佃村の者が急ぎ船を仕立て、家康に便宜をはかって差しあげた。

そのことに報《むく》いて家康は、彼らを江戸の湾《いりえ》の小島に住まわせて佃島と名付けて、白魚漁の権利を与えた――そんな発祥の由緒《いわれ》から、佃の漁師たちは白魚に徳川家の葵の御紋のしるしがあると言いたてているのだ。

「なぁに、透きとおっている白魚の頭の中に、葵の御紋に見えるものがあるというんですがね」

白魚のからだは透明である。頭の部分に葵の御紋に見えるものがあるからとは、かなり強引なこじつけである。

が、しかし、なよなよとしたその姿は、まことに優美なことに間違いなく、将軍家の献上品としては申し分ない。

「人間も白魚のようにすっきりと腹の中が見透せるとありがたいんですがね。なにしろどうも、世間には手に負えねぇ腹黒いのがうようよしてますんで、油断がならねぇ」

場つなぎのつもりか、無口の為吉も喋《しゃべ》る。

そうこうするうちに、お待ちかねのちろりの熱燗と、浅蜊《あさり》の佃煮と里芋の煮ころがしの小付けがならぶ。

さっそく注いで注がれて、それぞれがくいっと呷ったぐい呑みの酒は快く、しっかりとはらわたのありかを教えてくれる。

「……で、ほかでもないんですがね」

為吉の言い様はていねいだ。なにしろ若いと言っても相手は武家の子弟である。

「これは当てずっぽうで申しあげるわけではありませんが、緋扇屋さんの湯島の寮には、その、つまり……武州北足立郡戸田村の加助ってえ男がいるはずですが……」

そう言っておいて、為吉はわざと視線を落とし、小鉢の浅蜊を箸《はし》でつまんでいる。

松之介と竹之丞は思わず顔を見合わせた。

「加助という男は、十日前に下谷の孔雀《くじやく》茶屋で大関能登守さまの中間《ちゆうげん》である文三を殺《あや》めた男であることは、もちろんご存じで？」

松之介はにやりと笑って、鼻のわきを人差し指で掻いた。

「やっぱり親分の耳や目ン玉が大きいのは、ただ大きいだけではないなぁ」

「白魚の腹のうちと同じで、なにもかもすっかりお見通しというわけだ」

と竹之丞も同調する。

「いやぁ、それほどのことはありませんよ」

為吉はそこで、里芋をひとつ口に放り込んでとぼける。

あの日殺された男の同輩である中間折助どもは、下手人である男を湯島天神の境内まで追い詰めた。だが、若い二人のさむらいに阻まれた。なにやら悪はしゃぎする二人にいいようにからかわれて、あげくのはてに同朋町の原っぱの崖《がけ》から追い落とされた。

理由はともかく、目の前で仲間の文三が刺し殺されている。しかも、下手人は捕り逃している。

彼らにしてみれば業《ごう》っ腹《ぱら》おさまり難《かた》い。そのあとも、二人の若ざむらいと下手人の男を探し求めて、あの周辺を躍起《やっき》になって捜し回ったに違いない。

小女が盆を運んでくる。

まず〔白魚の雲丹焼《うにやき》〕——ちょっと大きめの白魚数匹を並べて串《くし》を打ち、練《ね》り雲丹をまぶしておいて火でさっとあぶる。これが辛口の酒によく合って、松之介なぞはもう待ってましたとばかりに箸を動かして舌つづみをうっている。

そして間合いよく、白魚の天麩羅《てんぷら》に卵とじなどなど、色とりどりの白魚料理の味わいが続く。

松之介と竹之丞はひたすら箸を動かしている。

「どうやら、お二人さんは川の流れのふんどしで」

為吉が野太い声で言う。

「え？　なんのことだい、為さん」

天麩羅を頬ばった竹之丞が訊き返す。

「つまりその……杭《くい》(食い)にかかったら放れねぇというわけでしょうが」

為吉は、にこりともせずに冗談を言うのだ。

松之介がぷうっと吹いた。

「親分、呑み食いをしているときには、あんまり笑わせるようなこと言いっこなしにしてほしいな」

竹之丞のほうは笑いもせずに、

「おれたちは川流れのふんどしか。食いにかかったら放れないとは、うまいことを言うもんだ」

と、ひどく感心している。

「それよりさっきのはなしですがね」

「ああ、加助のことかい」

「へえ」

「……加助のことについちゃあ、いずれ洗いざらいはなすつもりだったのだが……ま、それにしても、さすが為吉親分だ。恐れ入るなぁ、まったく」

松之介も竹之丞も、こうなれば隠しだてする気などさらさらないようだ。

「むしろ、加助のことは、近々、為さんに相談したいと思っていたんだ。ね、松兄さん」

と、竹之丞も調子がいい。

もともと為吉は、秀五郎とも、また寮番の喜十とも顔なじみだ。

とりわけ、湯島あたりのあれやこれやについては、ふだんから喜十がそれとなく動静を関知しているから、ことがあってもなくても為吉は聖天饅頭を手土産《てみやげ》にして、それとなく湯島の寮に立ち寄っている。

とりわけ、お袖とはよくはなし込んでいた。

「なにしろお袖ちゃんとは、筒井筒《つっぃづっ》の仲みてえなもんだから……」

と為吉はしれっと言う。

筒井筒とは円い井戸のこと。つまり、井戸の回りで遊んだ幼なじみのように気心が知れているということだ。

祖父と孫のような年の差もかえりみずに、よくもぬけぬけと言うもんだ、と竹之丞は為吉のいかつい顔を眺めてあらためて笑ってしまう。

察するところ為吉は、聖天饅頭ととつとつとした話術で、それとなく加助のことをお袖から聞き出したに違いない。

しかし、加助が身を潜めていることを突きとめても、そのまま踏み込んで十手を振り回したりしないところに為吉の心配りがある。

為吉といい、喜十といい、歳を加えた分だけちゃんと思慮が深いようだ。

松之介は、加助の戸田村での来《こ》し方の経緯をかいつまんで語った。もちろん、彼の申し立てることに嘘偽りがないか、それを確かめなければ、と言い足した。

しかし、それよりも、と、松之介が口調をあらためて、

「その姉さんというのが戸田村を出奔《しゅっぽん》し、すぱりと消息を絶ってしまった。加助はもう、姉さんを追っかけ回していた黒塚に消されたと思い込んでいたようでね。だからこそ、姉を罪に陥れた文三を探し出して殺したんだが、どうやら姉さんは生き永らえていたという

わけだ」

「ほう！」

あまり表情を動かさない為吉だが、大きい目をもうひとつ見開いた。

「加助の言いようでは、姉さんは深川でどうやら芸者になっていたというんだが……」

「深川の芸者……？」

為吉の目が光る。

いままでせっせと呑んだ酒はどこにいってしまったのか、その目には酔った気配はまるでない。

「芸者だった女の名は、美乃吉だ」

「え……あの石原町に住む美乃吉ですかい……。へえ、そういうめぐり合わせになるんですかい。なるほどねぇ」

為吉が松之介の顔をじっと見据えて、合点した。

松之介も大きくうなずく。

竹之丞がちろりを手に取って、空《から》になっていることに気づく。為吉がポンポンと掌《て》を鳴らして小女を呼んだ。

本所石原町の女については為吉がずっと調べていた。

女が、万寿屋甚右衛門の囲い者ではないことは、娘のお才の言い分でも明言されていたが、伜《せがれ》の幸太郎は苦々しい顔で、父親の妾狂《めかけ》いと言い切ったものだった。

しかし、そのことについて為吉も、もと深川芸者の美乃吉は万寿屋甚右衛門の妾などではないと、きっぱりと断言した。

「いまじゃ、身を綺麗にして、つましく暮らしているようで」

「それにしても、あの女が深川でのからだを売るような暮らしから離れるについちゃあ、誰か面倒を見た人でもいたんだろうか?」

と竹之丞が誰にともなく訊く。

「へえ、それが……」

為吉が声を落とした。

松之介と竹之丞は、思わず耳をそばだてるように身を寄せた。

「深川の芸者だった美乃吉を落籍《ひか》せたのは、思いもかけない男でしてね」

「誰だい?」

小女が「お酒をお持ちしました」と、盆にちろりをふたつのせて入って来た。

「あの、親分さん、板場の清さんが、そろそろ白魚のあばれ食いをお出ししますかって聞いておりますが」

為吉は考えもせずに「ああ、頼むと言ってくれ」と応じた。

〔白魚のあばれ食い〕とは、味つけした汁を鍋《なべ》に入れて桜炭の七厘《しちりん》にのせる。汁が煮立ってきたら、生きた白魚十二、三匹を鍋に泳がせる。

透き通った白魚が否も応もなく汁を呑み込むと、汁の色がからだを染めてゆくのが見える。白魚は熱いので身をくねらせる。そこを掬《すく》いあげて口に放り込む——この残酷ともいえる鍋が、その風変わりな趣向と珍味ゆえに〔江戸の春の味〕と大人気なのだ。

「で、さっきのはなしの続きだが」

と松之介が促す。

「その男の名は？」

為吉は松之介と竹之丞に熱いのを注ぎ、自分の盃にも手酌で注いで、くいっとあけた。

「高野長英」

すぱりと言った。

松之介と竹之丞は、きょとんとした顔で為吉を見やった。

為吉は、また手酌で注いで、ひょいと盃を呷っている。

「そのはなしは、確かかい？」

と、竹之丞。

「竹坊っちゃん、お言葉ですが、わたしは昔から坊主の頭といい加減なことはゆったことのない人間でして」

盃からあげた為吉の目がじろりと動く。

「分かってるよ！　分かってるけど……」

「そういえば、万寿屋のお才さんも、甚右衛門さんが高野長英さんと関わっていたと言っていたな」

松之介は思案顔になる。

「となりゃあ、どう考えたって美乃吉という女は、万寿屋甚右衛門の囲い者であるわけがねぇ」

「兄貴の幸太郎は、美乃吉がお父っつぁんの妾だと思い込んでいたようだが……」

「どうやら、何者かに殺された甚右衛門さんは、とんだ誤解を背負い込んだまま冥土《めいど》にいっちまったようで。気の毒なことで」

「為さん」

竹之丞が押さえた声で言う。

「こうなってくると、為さんの仕事も難しくなってくるね」

「へえ」

「甚右衛門がやられたこと、御竹蔵の堀端で秀五郎さんや弥十郎さんが襲われたことなど、どうもすべてが深い根っこでつながっているようだ」

「あっしら下っ端には、手に負えねぇようなとんでもねぇしろものに思えるんですがね」

為吉が大きな息をついた。

「それはそうと……」

松之介がはなしを変えた。

「美乃吉の弟……加助のことだがね親分」

松之介は為吉の盃に酒を注ぎながら、

「なんとか見逃してやってほしいんだ。いやさ、その前に、姉さんの美乃吉ともひと目会わせてやりたいんだが、見て見ぬふりなんてわけにはいかないかね……？」

松之介は、わざとひと息に言ってのけたようだ。

返事をためらっている為吉の目を、松之介は覗き込んだ。

顔をひょいとそむけた為吉は、

「まがりなりにも公儀《おかみ》から十手をあずかるあっしだ。そんな申し入れに、へえ、そうですか、そういたしやしょうとは言えませんやね」

そう言い切っておいて、為吉は松之介と竹之丞の顔をあらためて柔らかく見やった。

「ところで、秩父《ちちぶ》の荒川村に……茂吉ってえ男がいますんですがね」

喋りながら為吉は、手酌の酒をゆっくり口に持っていった。

「以前、深川佐賀町あたりで岡っ引きをやっていたんですが、もともと秩父川浦《かわうら》というところの出だから里帰りしたってえわけです。これがめっぽう面倒見のいい男なんですね。いまじゃ猪《いのしし》なんぞを撃ったり、暇がありゃあ籠《かご》や笊《ざる》なんぞを編んだりと、そりゃあ気ままに暮らしているんでさぁ」

松之介と竹之丞は、為吉がなにを言い出すのかはかりかねて怪訝《けげん》な顔をした。

為吉はふっと立って、障子を開けた。

白魚漁の篝火を眺めている。川の風が流れ込んできて、酒でほてった頬に心地よい。

「そうさね……大川の白魚も、みんながみんなあの三角網に掬い取られるわけじゃありませんでね。流れの端っこにうまく身をひそめていりゃ、ひっつかまることもないってわけで……」

為吉は、加助を逃がせと言っているのだ。

秩父の荒川村の茂吉という男を訪ねろと指示しているのだ。

為吉がふるう十手には、人情の温もりがある。

松之介が竹之丞に、片目をつむってみせた。

三

三寒四温――行きつ戻りつしながらも、季節は確実に春の匂いを濃くしているようだ。

梅太郎は、二日前に赤坂溜池《ためいけ》に近い実家に呼び戻されていた。

またもやというのか案の定というのか、婿養子の口があるのだがどうかというはなしだった。

父の仲十郎は知らん顔を装っているが、母のお徳は折りにふれて「そろそろ先のことも考えて……」とこのことを持ち出してくる。父は母の背で糸を引いているのである。

とりわけ、水ぬるむ春には、必ず蒸し返される。

しかも毎度、身分がどうの、家柄がどうのばかりが姦《かしま》しく、夫婦《めおと》になる当人同士のことなどとんと置き忘れられている理不尽なはなしのすすめようだ。

ただひたすら梅太郎は、頭を低くして承《うけたまわ》り、

――二、三日考えさせていただきとうございます。

と言って、結局はそれとなく逃げおおせる。

口うるさいわりには、はなしがあとに尾を引かないのは、父親も母親もあまり深い根回

しをしていないのだろう。

辻仲十郎の赤坂表町の古ぼけた屋敷から溜池は目と鼻の先で、梅太郎は幼いころから溜池とその周辺を遊び場にしてきた。

このあたりの春の気配には、広大な溜池の水の匂いがまじる。深呼吸すると、心が和む。安らぐ。

ふっくらと優しい猫柳《ねこやなぎ》の芽も、それとなく甘やかに匂う沈丁花《じんちょうげ》の小花も、見るからに心和む白一色の雪柳の群れも、幼い日の梅太郎の、溜池にまつわる早春の記憶として刻みつけられている。

池は赤坂御門から反対の端は虎《とら》の門《もん》に近いあたりまで十数町、満々たる水をたたえていて、屈託のない水鳥たちのさざめきが春の訪れを告げる。

近ごろでは、父親や長兄の源一郎には、あれこれもっともらしいことを言い立ててそれとなく家をあけるのが習わしになっているが、よんどころなく実家に戻ることがあれば、梅太郎は必ず池の周辺をそぞろ歩く。

この前は、小正月の十五日に家に立ち寄った。

元旦の挨拶を怠《おこた》ったことで、父母や源一郎からこっぴどく叱《しか》られた。といっても「相すみませぬ」とくり返してやり過ごすだけだ。

それでも母親のお徳は、いつも陰になり日向《ひなた》になって梅太郎を庇《かば》いだてしてくれているようだが、梅太郎本人は父親の勘気などいっこうに気にしていない。

――どのみちほったらかしの冷や飯食い、辻家の体面を傷つけるようなことをしなければ、とやかく言われる必要もないはず……。

和らいだ風になびく柳の枝は、もう淡い緑をまとっているが、桜の花はもうひと息というところだ。

梅太郎は、湯島の緋扇屋の寮へ戻る道とは反対に、赤坂御門への道をたどった。なじみの道筋だ。宏壮な松平美濃守さまの築地塀を左手に、やがて赤坂田町五丁目を過ぎて、右手に西行稲荷《いなり》の紅白の派手なのぼり旗などが見えてくる。

稲荷の柵《さく》に沿って、今年も雪柳の無垢《むく》な白い花が咲いている。あるかなしかの風にその花群れが揺れた。

稲荷の先の小径《こみち》を右に折れると幅二間ばかりの上水道があり、古びた小橋を渡ると、すぐ溜池の淵《ふち》に出る。

道をはさんで溜池とは反対側の左手一帯は、田町、新町など町屋が多いせいか、杖《つえ》を引く富商のご隠居が散策する姿なども目に立つ。

ふと前方を見ると、西行稲荷の鳥居のあたりに、童《わっぱ》たちが十人ばかり群がり騒いでいる。梅太郎は、自分もむかし、あんな童の群れにまじって棒切れを振り回し、わがもの顔にこのあたりを遊び歩いていたことを思い起こしていた。

——童といっても、上は十三か四か。もうおとなと変わらぬなぁ。

なんとなく近づいてみると、筒袖《つつそで》に脛《すね》むき出し、髪もざんばら、草履《ぞうり》ばきの童たちが一様にいきり立っている。

彼らは稲荷の境内に向かって、しきりに石つぶてを投げつけ、棒をかざして何やら叫んでいるのだ。

「やい！　出て来い！」

「山田のかかし野郎ッ！　鬼めッ！」

「首斬り役人なんぞ、おっ死《ち》ぬがいいやッ！」

梅太郎の表情がひきつれた。

遊びというには、童たちの振る舞いに容赦がない。間断なく投げつけられる石つぶては唸《うな》りをあげて飛ぶ。誰を的にしているのか。

そのとき、はっきりと女の悲鳴を聞いた。

童たちの背越しに境内を覗くと、色あせた小体《こてい》な本堂の前に、三人の女が身を寄せ合い、居すくんでいた。

悪童《わるがき》たちは「山田のかかし野郎」「首斬り役人」と喚《わめ》いていた。

梅太郎は、山田朝右衛門の妻荻野《おぎの》、かの利一郎の母親と彼の妹らしい娘と、付人《つきびと》の女中の三人と判じた。

悪童たちは、さらに激しく石つぶてを投げつける。

「首斬り役人の鬼ッ！」

「人間の肝を引きずり出して、金を儲ける鬼めッ！」

「きょうは何人、首斬ったッ！」

「あしたは何人、首を斬るッ！」

甲高《かんだか》い声が重なり、その重層する声がまた彼ら自身を昂らせるようだ。

くるみほどの石つぶてが、お付きの女中の肩に当たった。女中は悲鳴をあげ、へたへたとその場にくずれ落ちた。

悪童たちは勝ちほこったように足を踏み鳴らし、狂ったように喚声《かんせい》をあげた。
十六、七になったであろう娘が、恐怖のあまり泣き出した。
母親の荻野が、娘のからだを覆うように抱き込んだ。

その背や肩にまた、石つぶてが集中する。

梅太郎は、足早に駆け寄り、悪童たちの衿首を摑んで引き倒し、背を突き飛ばし、腰を蹴り上げて群れを攪乱《かくらん》した。

悪童たちは思いがけない敵に一旦《いったん》は四散し、遠巻きにした。

彼らの目は、一様に暗い光を放っていた。春の水辺に遊ぶ無垢な童の貌《かお》ではない。

梅太郎の姿に、針のようないく筋もの視線がまつわりついた。

彼らはすぐさま梅太郎が若いさむらいだと見極めたようだが、怯《ひる》むことはなかった。

梅太郎の、男にしてはなよやかな立ち姿に高をくくったのだろう。

彼らはすばやく目くばせしあった。

視線を梅太郎に戻すと、いっせいに腰を低めて手にする棍棒《こんぼう》などの得物を構えた。

それぞれが、兇暴なけもののような熱気と殺気を放っている――。

彼らはいっせいに、それこそけものそのもののような雄叫《おたけ》びをあげ、得物をかざして梅太郎を襲った。

梅太郎はすばやく跳んで退き、集中する打撃を右に左にと躱した。

刀を鞘《さや》ごと抜いて、棒を打ち返し、払いのけ、肩を叩き、胴を薙ぎ、胸を衝き、脛《すね》をかっさらい、股間《こかん》を蹴り上げた。

さらに立ち向かってくる童には鼻っ柱に手刀を、両目に指を突き入れたりもした。

その動きは、あたかも春風に舞う蝶《ちょう》のように軽やかだったが、群がる悪童たちに対しては梅太郎の一挙手一投足が適確に痛撃していた。

たちまち七、八人の童が地に転がって呻いた。残りの童たちは風をくらって逃げた。

「悪さするなら、たまには痛い目にあう覚悟をしなきゃあな」

呻吟《しんぎん》する図体のでかい童の衿首を掴んで引きずり立てる。

「黙って逃げりゃあいいものを……。ま、たいしたことないさ。童はな、どじょっこでも追っかけて、かわいく遊びな」

思いもかけなかった恐怖の緊縛から解放されてわれに返った女たちは、力の抜けたお互いのからだを支え合うようにして嗚咽《おえつ》していた。

梅太郎はすでに、悪童たちの悪口雑言のなかの首斬り役人とか、山田の鬼めなどという言葉から、吉原で鼻つまみ者になっているあの利一郎の、荒《すさ》みきった顔や姿を瞬間、脳裏に甦《よみがえ》らせてもいた。

「お助けくださいまして、ありがとうございます。わたくしどもは、麹町平河町に住まいいたします山田吉昌《よしまさ》の家の者でございます……」

女はやはり、山田朝右衛門吉昌の妻――利一郎の母荻野である。

梅太郎は荻野を見知っていた。

荻野は、成人した梅太郎を初対面の者と思ったようだ。

なんとか平常心を取り戻そうと努める荻野の切れ長の目が、ぎくりとするほどに利一郎と似ている。

血の気の失せた白い顔は、それでも負けん気らしい彼女の気質を表していて、凄艶《せいえん》ともいえる趣《おもむき》をたたえている。

顔を伏せていた娘が、涙をためたままの眸《め》を見開くようにしながら、ゆっくり梅太郎に目礼した。

母親とは異なった、危うげて透きとおるように美しい面立《おもだ》ちである。

梅太郎は、娘の視線に捉われていた。ついさっき目にとめた雪柳の白い花の群れを、ふっと思い返していた。

鳩尾《みぞおち》のあたりに、甘やかにして痺《しび》れるような痛みを感じたまま息を詰めた。

たじろぎ怯むかと思われた娘の眸も、梅太郎に勁《つよ》くそそがれたままになった。

ツーピー、ツーピー、

と、鋭く冴《さ》えた四十雀《しじゆうから》の鳴き声が聞こえた。

ふっと水の匂いがした。

水の匂いは、寡黙な母親の懐かしげな匂いに似ている――と、梅太郎は思った。

# 第四章　白日の夢のまどろみ水脈の果て

## 一

　毎年、三月一日には、江戸城本丸において観世《かんぜ》、喜多《きた》、宝生《ほうしよう》、今春《こんぱる》の四座の能楽師を召《め》してのお能の会が催される。春を寿《ことほ》ぐ祝賀の会だ。

　紀伊《きい》、尾張《おわり》、水戸《みと》の御三家の当主とその嫡子《ちやくし》、譜代大名の溜《たまり》の間《ま》などの者が観覧をするが、この日は、あらかじめ選ばれた広く公儀《おかみ》にかかわる者や、町役人などを通して推挙された氏素姓に汚れのない町人たちも、野天の桟敷《さじき》での観覧を許される。

　春恒例のこの催しを〔町入り能〕と称する。

　六代目山田朝右衛門を名乗る山田吉昌《よしまさ》の家族たちも、お招きを受けていて江戸城本丸に入るはずだった。

　だが、女たちは、この日の町入り能の観覧を断念した。

自分の夫を、父を、主人を、宿無しとも乞食《かたい》とも見える童《わっぱ》たちに、白昼あからさまに口穢《きたな》くののしられて、その心はどうしようもなく打ちひしがれてしまったようだ。

梅太郎はあの日、悪童たちが再び襲ってくるかもしれないことをおもんぱかって、三人の女を麹町《こうじまち》平河町の山田家の屋敷まで送り届けた。

梅太郎は荻野に名を問われた。やむなく、父親の身分と名と、そして自分の名を告げた。そこで荻野はあらためて梅太郎を見やり、

「それではあなたさまは、かつて利一郎と四天流本庄助十郎道場に通っていらっしゃった辻梅太郎さま……」

強《こわ》ばっていた荻野の表情がそこで和らいだ。

娘も羞《は》じらいをにじませながらもきっぱりと、

「わたしは利一郎の妹の小夜《さよ》と申します」

と名乗り、

「本日、兄は不在ですが、どうぞお立寄りのほどを」

と言葉をついで、しきりと屋敷内へと誘ってくれた。

山田家の長男の利一郎は、父吉昌に反抗していた。罪人の首を斬《き》るという、先祖代々世襲である役職を嫌い抜いている。

利一郎の悩みや苦しみを知っている梅太郎は、山田家の屋敷に足を踏み入れることをためらった。

いや、小夜をひと目見て、ただやみくもに心ゆさぶられた梅太郎は、なんとか小夜との関わりを深めたい、そのためには、ほんのつかの間でも時を共にしたいと強く願っていたが、やはり利一郎のことが梅太郎の心と足を重くさせた。

屋敷の外観が、それでなくとも戸惑いのある梅太郎の気持ちを重苦しく圧した。

いわば、一介の浪人の住居にしては、まるで不似合いな造りなのである。

どっしりと重厚な門構えであり、見るからに宏壮な屋敷であった。

鬱蒼《うっそう》たる樹木を擁した邸内には、試し斬りの技を鍛えるための本格道場があり、門弟たちが寄宿する棟もあるということだ。

そして、斬首《ざんしゅ》した罪人の死体を収容し、弟子たちによって即座に取り出された胆を吊《つ》るして保存する小屋や、さらにそれから絞り出した膏《あぶら》を労咳《ろうがい》の特効薬〔人肚丸《じんたんがん》〕に調整するための部屋もしつらえてあるという。

梅太郎はあらためて、

――山田家は一万石の大名に匹敵するほどの収入と財がある。

という世間の噂《うわさ》を思い浮かべた。

ふつうなら、そこに住まう者の格式や権勢を誇示するものとして、なんとなく見すごしてしまう屋敷の全容が、そのときの梅太郎には妙にしらじらしい虚の幻影のように映った。

梅太郎は、三人の女たちの強い誘いを固辞し、門前で踵《きびす》を返したのだった。

緋扇屋の寮の庭の花ごよみも、梅、桃、そして桜の花のほころびへと移ろっていた。

いつも屈託のない梅太郎だが、このところ冴《さ》えぬ顔の日が続いている。

松之介と竹之丞は、梅太郎をあやし諭すようにして、溜池《ためいけ》池畔の西行稲荷での一件について訊《き》き出していた。

しかも梅太郎が、その一件を機に山田朝右衛門吉昌の娘小夜への思いにずっと捉《とら》われているらしいこと、さらにその小夜自身が梅太郎に、好意以上のものを抱いていることも知ることとなった。

というのは、きょうの昼前、山田家の女中が湯島のこの寮を訪ねて来たのだ。

辻家の周辺を調べたぐって探り当てたのだろう。荻野からの書状を携えていた。

過日のご親切ご労力に対して、ぜひ心ばかりの御礼をさせていただきたいという内容が、荻野の美しい筆跡でしたためられていた。

五日後、千駄ケ谷の山田家の寮までお越し願いたいというのである。
十七、八歳と思われる女中もふっくらと愛らしく、かい間盗み見た松之介がたちまちにてれっとした。

女中は、梅太郎に顔を寄せるようにして言った。

「お嬢さまの小夜さまも、辻さまにお目にかかるのを心待ちにしていらっしゃいます。ぜひぜひ、お越しのほどをわたくしからもお願い申し上げます」

女中の言葉のひと言ひと言には、女中自身のからだの温もりが託されているような趣《おもむき》があった。

四谷大木戸の、玉川上水から南へ流れ出る川筋は新堀といい、その流れはさらに先にいっては古川などとよばれる。

山田家の寮は千駄ケ谷の立法寺の先隣にあって、流れに面しているという。

女中は、松之介や竹之丞にも甘やかな視線をふりまいて帰っていった。

それぞれに顔つきも装束《なり》かたちも異なりながらも、すっきりと整った三人の若者に、謹厳一徹な山田家で日夜息を詰まらせている彼女の心も解き放たれたのだろう。

松之介は大はしゃぎで、当日は梅太郎の供として山田家の寮に出かけたいと言いたてて梅太郎に渋面をつくらせた。

「なにも、娘の小夜さんをどうこうしようと言ってるんじゃない。あの、満江《みつえ》というお女中でいいんだから……」

松之介のその言い分も不謹慎だと梅太郎はまたむくれた。

「冗談だよ。それよりせっかくの好運、うまくやれよ」

松之介は、いつもの軽口に梅太郎が乗ってこないので仕方なしに、ちょっと真面目《まじめ》に言い足したりした。

・

六代目山田朝右衛門こと山田吉昌は、実際は浪人という身分ながら、なんといっても奉行所からの正式依頼を請けおう〔御試御用《おためしごよう》〕の係、実収入は一万石の大名と同等という世間の噂もまんざら大仰ではなさそうだ。

しかも、世襲とは言いながら、代々実子を据えずに養子を立ててきたとなれば、梅太郎が七代目を継ぐことも大いにありうる——松之介は、結局そこまで言った。

「とは言うものの……」

竹之丞が口をはさんだ。

「たとえ科人《とがにん》だの罪人だのと言ったところで、相手は生きた人間だ。聞けば山田朝右衛門は一日に三人、五人……いや、ときにはそれ以上の人間の首を斬り落とすというじゃないですか」

松之介とて、そのへんのところは百も承知しているはずだ。

竹之丞は言う。

「山田家では、首斬りのある日には、立派な仏間に首を斬る罪人の数だけ蠟燭《ろうそく》をともし、ひとり首を斬り落とすたびに灯を消して線香をあげ、鉦《かね》を鳴らすというはなしだ」

梅太郎がふうっと大きく息を吐いた。

「その日の予定の人数の首を斬り終わると、朝右衛門を中心に弟子や一族が寄り集まって、浄めの酒と称して痛飲し、やがて無礼講になり、ときにはどんちゃん騒ぎもやらかすらしい……」

竹之丞の語り口も独り言めいてくる。

「あるときは、芸者などもあげて三味太鼓《しゃみたいこ》で賑《にぎ》やかすとか」

梅太郎が目をつむる。艶《つや》やかなまつ毛がきわだった。

「どうも、わたしたち常人には想像しえぬ風景だ。それも、山田家では当たり前のようにしている毎日のならわしだろうが、とても当たり前には思えない。人間、歪んだことをしていると、心も暮らしもいつかとことん歪んでしまうんだ……」

梅太郎がしめった息をまじえた声で言った。

「竹兄さん……もういいですよ」

「婿養子の口としては申し分ないかもしれないが、なんにしても梅太郎には務まりそうもないなあ……」

「なにしろ梅は、刃物ぎらいだ。刀の抜身を見ただけで身震いする……いや、怖《お》じ気をふるうんだものな」

松之介が、がらりと神妙な口調で呟《つぶや》いた。

「それでなくとも梅は……いや、辻梅太郎という男は、心根の優しい男だ。自分に直《じか》に関わってくる悪党ならともかく、それがどんな科人だったとしても、見ず知らずの人間をひたすら、それこそやみくもに首だけを斬るなんてことができるわけがない」

梅太郎はまぶたを見開き、戸惑いの視線を宙にさまよわせ、それから重い口を開いた。

「わたしはいい……わたしはそれでも、拒めばいい。いやだと言えば逃げられる。でも、あの利一郎や、小夜さんという娘は、どう逃げたところで、首斬り役人の血からは逃げられない……」

三人は、しばし沈黙した。ひんやりした間になった。

「梅よ」

「…………」

松之介は、揺れる梅太郎の気持ちをおもんぱかるように、温もりのある声で言った。

「でも……とにかく、千駄ケ谷の寮には行ってやれよ」

梅太郎がうなずく。

「すべてに厳格らしい山田家にあって、ふとしたことで出会った梅太郎にひたすら魅《ひ》かれる小夜さんの気持ちには、のっぴきならないものがあるような気がする。いやさ、ついいつものように軽口を叩《たた》いてすまなかった……」

松之介は、高い鼻のわきを人差し指でかいた。

「谷間《たにあい》の、陽の当たらないような荒れた地でも蕎麦《そば》の花は咲く。やがては実をつける。いちずに生きている花を見殺しにしちゃあいけないよな」

いつの間にか、あたりは暮れなずんでいた。

鐘が鳴りはじめた。神田明神か、湯島天神か。

今宵《こよい》の松竹梅には、しんみり物思う風情《ふぜい》がよく似合っていた。

二

あの吉原衣紋坂こと五十間道の鈴屋でのことは、鮮烈に梅太郎の脳裏に刻まれていた。

なんとか梅太郎が取り押さえた利一郎だが、それでもまだ、隙《すき》をみてはやみくもに暴れ出そうとした。

利一郎のからだそのものにはもう、暴れる力は残っていないように哀れに打ちひしがれていた。

が、胃の腑《ふ》に残っている悪い酒の酔いが、彼の心を凶暴に掻《か》きたてるらしかった。

丁字屋の若い衆には、顔見知りの与四郎が、

「近いうちに利一郎の借金二十両については、しっかり解決するように努めるから」

と約束して、なんとか引き取ってもらった。

若い衆としても、利一郎の実父が山田朝右衛門ということは分かっているから、まず取りっぱぐれがないと思っているのだろう。

――それにしても、この面《つら》の傷は、どうにも勘弁なりませんね。いずれそのことについては、しっかり解決《おとしまえ》をつけさせてもらいますよ。

若い衆は、正体をなくしている利一郎を睨《にら》みつけて帰っていった。

与四郎は、襤褸《ぼろ》のかたまりのような利一郎を引きずりたてて裏手の井戸端につれていき、頭から水をぶっかけた。

さすがに利一郎の悪酔いはぶっとんだ。

この騒ぎのそっくりを知っていた鈴屋のあるじの重蔵は、なにも叱言《こごと》を口にしなかった。そればかりか、

「これに着替えさせろ」

と、自分のふだん着の袷《あわせ》を持ってきてくれた。

与四郎は利一郎を叱《しか》りつけながら着替えをさせた。

山谷堀《さんやぼり》の吉原口にある船宿（笹屋）の裏座敷に利一郎を伴った。

酔いの醒《さ》めた利一郎は、まるで別人のように素直だった。

与四郎と梅太郎に挟まれて、顔を上げようともせず、五十間道をとぼとぼ歩く利一郎の姿に、江戸中に名の知れた山田朝右衛門の跡取りという風格はない。

船宿というと、店によっては、ちょっとした料理や酒も出し、また店によっては二階の部屋を男女の逢引《あいびき》に使わせたりするというが、笹屋の座敷はひたすら粗末だった。

たぶん、この家の者が私用に使っているのだ。

「利一郎よ、おまえさん、甘ったれているよ」

与四郎は静かに語りかけた。

「酒の酔いをかりて、吉原でさんざん遊び呆《ほう》けて借金を溜《た》める。酒をくらっては悪酔いしてやたら暴れ回る。きょうは、おれが世話になっている重蔵さんの店、鈴屋にまでやってきて刀を振り回した。正直なところ、おれもそうだが、梅太郎だって口をあんぐりで呆《あき》れ返ってるぜ」

じっと顔を伏せて、唇を閉じている利一郎だ。

「なぁ、梅太郎、おまえもなにか言ってやれ」

「ああ」

そう答えた梅太郎だが、黙って顎《あご》をなぜていた。

「さぁ、なにか言えよ」

「うん」

梅太郎は、俯《うつむ》いている利一郎の顔を覗き込むようにして口を開いた。

「与四郎がいま、利一郎は甘ったれと言ったが、おれも同感だ。だいたい、おれたちはみんな同じような境遇にいる。その悩みはそれぞれ異なるが、みんな同じように屈託をかかえている。でもみんながみんな、利一郎のように吉原で二十両という借金をつくって、酒に悪酔いして刀を振り回すようなことをしているわけではないぜ」

利一郎の頭はさらに低くなった。

すぐにでも弾けそうな胸の思いを、懸命に押し殺しているのは、小刻みに震える肩が物語っている。

「いや、おれや与四郎のことはともかくとして、お母上や妹の小夜さん、あるいは山田家に働く直《じか》にかかわりのない人たちも、いわれのないいやがらせを受けているだろう」

そんなことを、いまの利一郎がまるで考えてもいないなどと思えない。

母親のこと、妹のこと、また山田家に仕える者たちのこと――幼いときから利発だの怜《れい》悧《り》だのと言われていた利一郎である。

まるで無頓着《むとんちゃく》だった、なんていうことはあり得ない。

ゆっくりと語り聞かせるように、梅太郎は心を尽くして喋《しゃべ》った。

利一郎は、からだを折り曲げるようにうなだれて聞いていた。

「……そうか。お母上などご家族の皆さんもいろいろ苦労なされているのだな」

与四郎が呟くように言った。

いきなり、利一郎が鋭い声を放った。

彼は右腕を両目にあて、野太い声で哭《な》いた。

そのざらついた声には、怒りも痛みも哀しみも――当の本人でなければとうてい説明のつかないような、哀しみや痛みや怒りなどの感情がないまぜになっているようだった。

あたりはばからぬ男の哭く声は、船宿の表まで聞こえたかもしれない。

若い男と女の二人がしけ込んだ船宿では、ときたまみだら遊びにうつつをぬかす女の、それこそあられもないよがり声が表店に筒抜けになることがあるが、手放しで哭く男の声は珍しい。

むすりと腕組みをした与四郎も、いたたまれないらしく腰をうごめかす梅太郎も、結局は利一郎を放っておいた。

やがて、利一郎の激情も鎮静した。

「……すまぬ。吉原でのわがまま、酒をくらっての醜態……。また、鈴屋での狼藉《ろうぜき》……。与四郎にも梅太郎にも、申し開きようもない。このとおりあやまる。ほんとうに相すまぬ」

べったりと畳に這いつくばった。

突っ伏した利一郎はまた、こみ上げてくる激しい感情を必死に押さえ込んでいた。

三日おいて、山田家の千駄ケ谷の寮に出かけた梅太郎は、利一郎にかかわる一部始終を、母の荻野と妹の小夜につつみ隠さずに語り伝えた。

三

緋扇屋秀五郎が仕立てた屋形船が、鉄砲州の南の本船町に近い船宿から大川に漕《こ》ぎ出した。

そろそろ河畔の桜も見ごろか。それとも早咲きはもう散りはじめているか。

屋形船を操るのは濃紺の手拭《てぬぐい》で頬かむりした逞《たくま》しいからだつきの船頭。櫓《ろ》さばきも巧みで、すいすいと船は川上への水面《みなも》を滑る。

右手に見える佃島《つくだじま》も、うっすらとたなびく淡い靄《もや》にかすんでおぼろ。

八つ半刻（午後三時ごろ）の大川を往来する船は心なしかのんびりゆったりとしている。

屋形船の内では、いつも和やかな微笑をたやさない秀五郎が、色白の細身の女と静かに語り合っていた。

薄墨色の紬《つむぎ》の着物に目のさめるような黄味色の帯がくっきりとした対照をみせ、髪を結い上げた衿《えり》足の秘めやかな線が匂《にお》い立つように映えていた。

「緋扇屋さんには、なんと御礼を申しあげてよいか……心からありがたく思っています」

女が丁寧に頭を下げた。小粋《こいき》な天神髷《てんじんまげ》の鬢《びん》つけがほのかに香る。

「いやいや、わたしはまだ、あなたに礼を言われるほどのことをしておりませんよ」

女は本所石原町の美乃吉——加助の姉のお美乃だ。

深川の櫓下《やぐらした》あたりでは客を取る芸者だったというが、紬の着物をきっちり着こなしたいまのお美乃に、そんな荒れた暮らしのかけらも窺《うかが》えない。

色里とひと口に言っても、深川で遊ぶ客たちは、総じて気っぷの激しい向こうっ気の強い男が多い。

夜毎《よごと》、そんな男たちを相手にする女たちもまた、吉原の太夫《たゆう》や女郎とは異なって伝法《でんぽう》で

姐御肌《あねご》、言いたいことはきっぱり、はっきり言ってのける芸者が、男まさりの艶《つや》を競った
ものだった。

そんな世界で、戸田村の百姓の娘——それも姉弟《きょうだい》二人きりの親なし子のお美乃の、か
らだを張っての身すぎ世すぎが、どんなに辛《つら》く切なかったかは想像に難くない。

しかし——。

いま、秀五郎と向き合うお美乃のたたずまいや声音《こわね》やその表情には、たおやかなみずみ
ずしさがあふれていて、武家のご新造《しんぞ》のような気品さえ備わっている。

「それにしても、万寿屋甚右衛門さんは……」

「うむ。まことに思いがけない災難だった」

「いまでもわたし、申しわけなくて、心の臓が絞られるように痛みます」

腑けた顔の、ふっくらした唇が小さく慄《ふる》えている。

「お美乃さん、あんたがそんなに自分を責めることはない」

「でも、甚右衛門さんは、石原町のわたしの家へ来る途中で刺されたのです」

「それはそうだが、甚右衛門さんには甚右衛門さんの考えがあって動いていたのだから、
すべてあんたが責を背負うことはないのだよ」

「なんにしましても、あの方には、ほんとうに親身なお心遣いをいただきました」

秀五郎が甚右衛門その人であるかのように、お美乃はまた辞儀をした。

「甚右衛門さんは、表向きは薬種問屋のあるじとして立派に商いしながらも、人間としての志《こころざし》を真っすぐ貫きとおした方だった」

「わたしが、深川というどぶ泥のような色里から救い出されたのも、高野さんのおかげというより甚右衛門さんのおかげだと心得ています」

「甚右衛門さんは、高野長英さんにしっかり志をつないで生きたお人だ」

「高野さんも、甚右衛門さんのあの不慮の死を思うと、居ても立ってもいられないと申していました」

遅い午《ひる》さがりの陽が水面にきらめいて、その光が船べりの白い障子にゆらめき映っている。

お美乃は、くちなしの花のように楚々《そそ》としてうるわしい。

――高野長英が、逼迫《ひっぱく》した自分の身の回りのことなどを省《かえり》みずに、この女を落籍《ひか》したのも無理からぬことだ。

秀五郎は目を細める。お美乃のふとしたしぐさや、涼しげなまなざしや微笑は、病で早逝《そうせい》した朝代《ともよ》によく似ている。朝代は秀五郎にとってかけがえのない妻だった。

瞼《まぶた》のうらに、いきいきとした朝代の面影が甦《よみがえ》っていた。

このお美乃という女も、背負い切れないほどの悩みや哀しみに、痛みと切なさを引きずって生きてきた。何度か自分の命を絶とうとしながらも、なんとか生きのびた。でも、いじけることがない。怯《ひる》むこともない。笑顔をたやすことなく、けなげに前を向いて生きている——と秀五郎は思った。

お美乃の柔らかい微笑が、あの朝代に似ているのは、必ずしも見た目のかたちやたたずまいのせいばかりではない。

どんな逆境にあっても目を伏せず、心を萎《な》えさせることのない生来のけなげさ、そのねばり強さに支えられたところの女らしさが、身の内側からの輝きとなって放射されているのだ。

お美乃を見やる秀五郎のまなざしが、ふとうるんだ。

——朝代……。

と、秀五郎は胸の内で妻の名を叫んでいた。

朝代は、天涯弥十郎と血を分けた兄妹だった。そして、秀五郎にとってかけがえのない伴侶《はんりょ》であった。

奥州水沢《みずさわ》藩は、仙台伊達《だて》藩の支藩で、けっして裕福ではなかった。

しかし、天涯弥十郎は、作事方《さくじかた》として三十俵二人扶持《ぶち》という微禄ながら、真面目一筋に責務に励んでいる若者だった。

その弥十郎がある日、突如、それまでの藩士としての一切の暮らしをかなぐり捨てた。いや、直属の上司である作事組頭である権藤伝左衛門《ごんどうでんざえもん》という男を、鍛え抜いた強腕で真《ま》っ向唐竹割《こうからたけわり》に斬り捨てたのである。

権藤は、弥十郎の妹である朝代を手ごめにしようとした。

朝代の激しい抵抗で未遂に終わったが、権藤は酒のうえの戯《たわむ》れ、冗談だとうそぶいた。作事組の有志とその家族たちが七分咲きの夜桜を楽しむという宴のあとで、唐突に生じた醜聞だった。

権藤にはつねづね酒乱の癖があると言われていたが、こともあろうにその薄汚い魔手は弥十郎の妹の朝代を玩《もてあそ》んだのだった。

その朝代は、城下の折居村の庄屋の長子だった秀五郎と祝言を挙げることになっていたのである。

じつは、権藤に対する弥十郎の怒りは、その朝代のことだけにとどまらなかった。

権藤はかつて、弥十郎の父の庄兵衛に無実の罪をかぶせて憤死させていた。

水沢一帯の地はもともと水稲の産地だった。河川を整備し、荒地を切り拓《ひら》き、新たに水田を起こし、つねに米づくりに励まねばならない農業の地だった。

作事方に属する庄兵衛は特に命を受けて、新田づくりの業務にもひたすら専心してきた。だが、その開墾《かいこん》開発費用について、あるとき、使途不明金が発見された。

庄兵衛が提出した実際にかかった金額よりも、藩の支出金のほうがかなり水増しされた数字が記録されていたのだ。

それでなくとも日ごろから、融通が利かない、頑固すぎると言われてきた庄兵衛にとっては、まったく納得しかねる不祥事だった。

ただちに庄兵衛は持ち前の謹厳さで事実を究明しはじめた――が、責任者たる権藤は、ひたすらに庄兵衛の動きを封じ、あげく、強引に庄兵衛に始末書を書かせてケリをつけたのである。

生来が寡黙だった庄兵衛は、以来、さらに言葉少なになった。笑うことさえ忘れてしまって、石のように頑《かたく》なになった。

庄兵衛はやがて病に臥《ふ》し、そして古木が朽ち折れるようにして、逝《い》った。

さむらいとは言いながら、父、庄兵衛の一生は、ひたすらの勤勉と忍耐と、汗と泥と――そして押さえ切れない憤りにくくられたものだった、誇りや威厳や権勢といったものとはまるで無縁だったと、弥十郎は思っている。

その父の死を〔憤死〕と断じていた。

しかし、弥十郎は怒りをねじ伏せ、なんとか藩士としての勤めを続けてきたのだ。

が、その権藤がまた、妹の朝代に破廉恥《はれんち》な行為をはたらいた。

若い弥十郎の堪忍袋の緒《お》が切れるのも当然といえた。

権藤伝左衛門を斬り捨てた弥十郎は出奔《しゅっぽん》した。妹の朝代も当然、兄に従った。

秀五郎も二年後、家と故郷を捨てた。

秀五郎の父の与八郎は百姓思いの庄屋だった。倅《せがれ》の秀五郎もつねに百姓の暮らしを考える若者だった。

しかし、打ち続く冷害と稲の凶作不作のために百姓一揆《いっき》が起こり、家が焼き払われた。筵《むしろ》旗《ばた》を押し立てていきり立つ百姓の群れに、百姓思いだった庄屋とその家族に対して情状酌量するゆとりなどなかった。

与八郎は焼死、家族は四散したのだ。

江戸へ出てきて、秀五郎は弥十郎立ち会いのもとに朝代とひっそりと祝言を挙げた。切なく辛い過去を断ち切るための新たな出発だった。

つかの間、小春日和のような安穏な日が続いた。

秀五郎と朝代は心もからだもひとつに溶け合わせるように睦《むつ》まじく暮らした。が、その朝代も薄命だった。

秀五郎の胸に、もうひとつ大きな悲しみと痛みが刻み込まれた。

江戸と奥州水沢は、ざっと百二十里へだたっていた。遠い地であった。だが、その百二十里という道のりが遠いのではない。

弥十郎にとっても、秀五郎にとっても、水沢はもう二度と足を踏み入れることのない、記憶のなかの故郷でしかなかったのだ。

しかし、記憶のかなたへと押しやっていたはずの〔故郷〕が、いままた高野長英という人物を通じて、まぼろしのように甦ってきていた――。

船ばたを叩く水音が女の哀しい呟きのように聞こえている。

船はいつの間にか岸辺に舫《もや》っていた。

永代橋から三町ばかり川下になるのか、人気《ひとけ》のない河岸だ。

表通りと河岸の間には小広い荒地があって、人は足を踏み込まない。浮かれた花見客で賑わう墨堤《ぼくてい》とはまるで無縁の場所である。

船頭は、気を利かしたつもりで陸《おか》に上がって煙草《たばこ》でもくゆらしているのか。

水に浮いた船のなかでの時の流れは、人の心を追い立て急かせるようなことはない。

お美乃の声にもしっとりと潤いがある。

「それにしても、文三を殺《あや》めた加助もまた、緋扇屋さんに匿《かくま》ってもらっているとか。姉弟ともども、お手数かけるばかりで」

「そのことは、わたしの湯島の寮を塒《ねぐら》にしている三人の若い者たちに任せてあります。彼らは彼らなりに事情をおもんぱかったうえで、加助さんを援《す》けているようで」

「松之介さん、竹之丞さん、梅太郎さんという若いおさむらいさんだそうですね」

「世間では三人を、松竹梅とひとくくりにしてよんでいるようですがね」

「縁起のいい呼び名じゃありませんか」

「三人ともももともとが、おめでたいので丁度いいんです」

お美乃は、かたちのいい唇に手を当てて楽しげに笑った。

お美乃がふっと表情をあらため、一語一語噛みしめるように言った。

「右も左も分からないこの江戸で、血のつながった親類縁者にも受けたことのないお慈悲をめぐんでいただいて、つくづく縁《えにし》の不思議を思っています。わたしたち親なし姉弟は、緋扇屋さんやみなさんのおかげで、断ち切れてしまう命を、危ういところでつなぎとめていただいたのです」

「それもこれも、人間苦しいときに手を差しのべあうのがお互いさまということですよ」

「世間さまというのは、のっぴきならない失敗《しくじり》や、どうにも避けられない不運を笑いこそすれ、一緒に泣いてくれるなんてことはありません。でも、緋扇屋さんをはじめみなさんはもう……」

「まあまあ、そう気重に考えなさんな。どれもこれも、お互いさま、お互いさま……」

秀五郎が愛用の扇子をパチンと鳴らした。

「それより、あの松竹梅三人、若いくせになかなか気が回るようでしてね。聖天の為吉親分に事情をのべて、加助さんのことは見逃してくれるように、はなしをつけてきたってえから、どうしてどうしてなかなか頼もしい……」

「え？　見逃してくれる？　……そ、それはまた……」

「聖天の為吉親分も、わたしどもが日ごろから昵懇《じっこん》にしている間柄……あの人も人の世の酸いも甘いもよくわきまえた人だから、おめこぼしをしてくれたんでしょう。もちろん、おおっぴらにできるはなしじゃありませんがね」

お美乃の眸《め》がたちまちうるみを増した。

「あの親分は、人一倍大きな目ン玉を持っていなさる。なにもかもがよく見えるようでしてね。いや、見た目のこと、うわべのことだけではなく、物事の内側のこと、人の心の奥底のことまでよく見極めるお人です。公儀《おかみ》から十手をあずかる仕事をしていながら、ときにはこっそりその裏で、公儀の定《き》まりに楯《たて》つくことさえある頑固者です」

秀五郎の声は、柔らかく温かく響く。

「……為吉親分はどうやら、こんどの件では加助さんが身を寄せる先まで心配してくれているようでね」

お美乃がゆっくり首を左右にふった。考えられないようなことを、自分になんとか信じさせようとしているように見えた。

「近々、折を見て、あなたと加助さんがゆっくり会える場所をつくると、あの松竹梅が言ってますから、楽しみにしていておくんなさい」

「それもこれも、夢のようなことです」

ふっと、大粒の涙が頬を伝ってこぼれた。

お美乃が濡れた目であらためて秀五郎を見やる。秀五郎にとっては、その思いのこもったお美乃のまなざしがひどく眩《まぶ》しいようだ。

四

「高野さん、もう来てもよさそうなものだが……あの人も忙しいから」

そう言ってしまってから秀五郎は、

「忙しいことも忙しいのだろうが、それよりもこのごろは、得体の知れないうさん臭い人間が身の回りにうろうろしていて、外を歩くのも気疲れがするって言っていたとか」

「身に危険が迫っているということですか？」

「そういうことになりますか」

「なぜ高野さんが、刺客や隠密のような者たちに狙われなければならないのですか」

「高野さん自身が、そういうことの内情をはなすことはありませんか」

「まるで……あれこれ訊《たず》ねても、余計なことに心をわずらわされるな、と強く言われるだけです。高野さんは、幕府に背くような悪《あ》しきことをやっているのですか？　まさか！」

お美乃はあれこれ惑う気持ちをそのまま言葉にしたようだ。

「そうです。幕府に背くようなことなどやるわけがありません。しかし……」

「しかし？」

「心や、まなこに曇りや色がこびりついてしまった幕府の者には、意にそまぬ者は、どれもこれもが悪しき者に見えてくると言うことでしょう」

「心や、まなこを曇らせている人とは、誰です、どなたですか？」

お美乃は膝《ひざ》をすすめて、秀五郎に寄った。

「お教えください。緋扇屋さん。わたしは百姓あがりの女、いっときは芸者で身をもちくずした者です。無学で世の中のことなど、からきし考えたり見分けたりすることのできない人間です。でも、高野さんに出会い、そして緋扇屋さんやみなさんにお目にかかり、少しは世の中のこと人のことなどを考えようと努めてまいりました……」

お美乃の手が、秀五郎の膝を焦れるようにゆさぶった。

秀五郎のからだに、不思議な痺《しび》れのようなものが走った。

「いま、その世の中の歯車がどうやらとんでもない回り方をしているようです」

「どういうことですか、お教えください。わたしにも教えてください。お仲間のひとりとして少しでもお役に立ちたいのです」

お美乃の心の昂《たかぶ》りを抑えるように秀五郎はさりげなく、自分の膝の上に置かれたままのお美乃の両の手を包むようにして、そっと押し返した。

「日本は永い間、徳川幕府の政治《まつりごと》の方針のせいで、ずっと海外との関わりを閉ざしてきた。外国との交流を禁じてきた。でも、もう日本は日本だけでという、自分勝手のやり方は通じなくなってきている……」

お美乃はじっと秀五郎を見詰める。そのいちずさが、また秀五郎をたじろがせる。

「高野さんは阿蘭陀《オランダ》の医学の知識や技術を早くから学んでこられて、これからの日本の医学を大きく進めようと努めていなさる。そして同時に、日本の国としての今後や、世の中の仕組みも新しい時代にふさわしいものにあらためたいと考えておられる」

「それを阻もうとしている人たちがいるのですか」

「そうです。高野さんたちの考えること、やろうとしていることを、日本を乱す者、いや日本を滅ぼす者と決めつけ、真っ向から押し潰《つぶ》そうとする一派もいます」

「その人たちが、高野さんやそのお仲間の口を封じるために、刺客を放ったりしているんですね」

「そのようだ」

「世の中にはさまざまな人がいます。思うことも考えることもまた、さまざまあるでしょう。その思うことや考えることを言葉にするのを聞こうともしないのですか？」

「最終的に日本の政治の方向を決める将軍さまの周辺には、いままでの自分の立場を守らんがために、一切の申し出も提案も受けつけない頑《かたく》なな者が立ちはだかっているのです」

「それにしても、ただやみくもに刺客や隠密を放って言い分の異なる者の命を断つとは卑《ひ》怯《きょう》ではありませんか」

「お美乃さん、あなたのおっしゃるとおりです。権力の座にいる人の善し悪しももちろん問題になりますが、その回りには、たいてい虎《とら》の威を借る狐《きつね》が跳梁《ちょうりょう》している。私利私欲のために政治をねじ曲げたり、あさはかな体面や意地のためにとんでもない奸計《かんけい》を弄《ろう》する者もあとを絶ちません」

お美乃の胸に滾《たぎ》るものが、切れ長の眸をきらめかせている。気を昂らせているからだからは甘やかな匂いが放たれているようだ。

「若い者たちにも、わたしはよく言うのです。世の中のあらゆることをできるだけ広く識《し》り、そして、誤りなく、良いことを自分流にきちんと行おう……とね」

秀五郎はお美乃のいちずさにほだされ、少し喋り過ぎたのではと自省する。

また、目の前のお美乃の顔や姿に、朝代を重ねて見ていた――。

すんなり伸びたのどの線やおとがいの動き、ふくよかな胸乳《むなぢ》につづく衿元の仄《ほの》白さが、あらためて秀五郎の心を捉えていた。

高野長英は秀五郎に、ひそかに言っていたのだ。

――これ以上、お美乃を深入りさせたくない。いずれ近いうちに、きっぱり離別するつもりだ。たとえ、お美乃をたばかるようなことを言ってもいいと考えているんですよ。

もちろん、愛《いと》しいお美乃の身の安全をおもんぱかっての決心なのだ。

事実、高野の周辺には不穏な出来事や不審な出来事が続出していた。だが高野は、そのことを明確にお美乃に言っていない。

あくまでもさりげなく、お美乃を自分から遠ざけようと心を砕いていたのだ。

お美乃はお美乃で、あれこれ理由を言い立ててあまり自分と逢《あ》う機会をつくりたがらない高野に、苛立《いらだ》ち、焦れているのだった。

秀五郎は、高野とお美乃の関わりを黙って見守ってきた。もちろん、万寿屋甚右衛門のひたすらな努力や援助も知っていた。

甚右衛門が刺客に殺《や》られた折も、口惜《くや》し涙を嚙み殺して黙過した。あくまでも、事が大きく露顕することを抑え込むためだった。

甚右衛門の娘お才は、

——父は妾を囲うような者ではない。

と声高に言い張った。

娘としての潔癖さから言えば当然だった。事実、甚右衛門はそういう男ではなかった。

だが、伜の幸太郎はそのお才を押しのけて、

——父甚右衛門は女狂い。

と言い切って、そっぽを向いた。

じつは、あの幸太郎も、甚右衛門がしていたことの一切を知っていたのだ。しかも、それなりに協力もしてきたのだ。

父の死を、商人《あきんど》の醜聞として斬って捨てたのも、高野たち開明派への陰の協力者たちの態勢を破綻《はたん》させないための心遣いだった。

幸太郎はある日、秀五郎を呼び出し、自分の胸の内をそっくり打ち明けたのだ。

——父甚右衛門亡きあとの万寿屋をなんとか持ちこたえるためにも、むしろ世間体としては甚右衛門を女狂いとしておいたほうが都合がいいのです。父の志を継いで、わたしが今後も心ばかりの金の援助をさせていただくためにも……。

かつては、女遊びや丁半博打《ちょうはんばくち》でさんざん甚右衛門を手こずらせたという幸太郎の一見ひよわそうな顔を、秀五郎は不思議な昂りを感じながらしみじみと見詰めたのだった。

——親から子へ、血はやはり息づきながら生き続けているのだ……。

秀五郎はお美乃との間の熱気を冷ますように、

「それにしも、高野さんは遅いな」

ともう一度そう言った。

お美乃はそれには答えず、

「こう申しあげてはご迷惑でしょうが、わたしは緋扇屋さんとこうして親しくおはなししていると、父や母のような血のつながった者に手をのべられているような安らぎをおぼえます。こんな肉親への甘え心を抱いたのも、正直、生まれて初めてのことです」

ほんのり、朱を差した目元に、秀五郎はまた朝代を思った。

「戸田村では、あの鳥見役の黒塚にさんざん玩《もてあそ》ばれて……のら猫のように薄汚くなって、何度も自らの命を絶とうとしたわたしです。でも、死に切れずに生き恥を晒していました。そんなとき、高野さんの情けで救われて……でも、あの高野さんはもう、わたしを遠ざけようとしています。分かっているのです」

「それは……違う」

「いえ、高野さんは、ただ身を持ちくずした哀れな女に同情しただけですから、そのわたしがほんの少しでも、高野さんの役に立ちたいなどと考えるのは余計なこと、迷惑なことと思っているはずです」

お美乃は胸元で大きく息をついて、寂しげな微笑を浮かべた。

「それにあのお人には、生まれ在所の奥州水沢に、幼いときからの許嫁《いいなずけ》である千越さんというお方がおられて、いまもってあの人の帰りを待ちわびていると聞きました。いえ、この江戸でも妻とよぶお方がいるということも、お仲間から聞いたことがあります」

秀五郎は、高野長英が幼いときからなにもかも自分の思うがままに行動する、激しい性格の男だということをよく承知している。

――そうだ。このおれと夫婦《めおと》になった朝代を……うむ三つも年上の朝代へあからさまに恋い慕ったこともあった。

秀五郎は、長英を子どものときから見知っていた。

長英は、奥州伊達藩の支藩である水沢藩の後藤家の三男として生まれたと聞いていた。

九歳の折に父が急逝《きゆうせい》して、彼は母方の実家、高野家へ養子に出されたのだ。

高野家の養父となった玄斉《げんさい》は、杉田玄白《すぎたげんぱく》に師事した蘭方医であった。

その玄斉の父の玄端は漢方医だったことから、幼い長英は〔漢〕と〔蘭〕の二つの薬についで学んだ。

長英は幼いときから激しい気性をあらわにしていて、近所の悪童たちが新入りの長英をのけものにすると、真っ向から手向かっていった。

父玄斉の厳しいしつけや勉学の指導にも一切不満をもらさず従い、むしろ向学心を燃え立たせていった。

秀五郎と朝代とのことは、すでに親たちが二人を許嫁として定《き》めていた。

さいわい五歳違いの朝代と秀五郎はお互いに好もしく思っていたから、いずれ夫婦になることをむしろ待ちのぞんでいた。

朝代は心の優しい娘で、近所の百姓の子どもたちにも好かれていた。

朝代を慕ってくる七、八人の子どもたちの中に、新顔があった。

十三歳になった長英だった。

ほかの子どもたちが、朝代がときおり与えてくれる駄菓子やにぎり飯をめあてに集まってくるらしいのにたいして、長英は三つ年上の朝代をじっと熱い目で見ていることが多かった。

そのくせ、朝代が声をかけると、顔を赤らめて返事もせずに立ち去るのだ。

秀五郎としては、そんな長英という子どもが微笑ましく思えて、記憶にはっきり残っていた。

だから、十七歳になった長英が江戸に出てきたと言っていきなり訪ねて来たときは、ついあれこれの世話をやいた。

そこで、伝手《つて》を頼って、すでに江戸の蘭方内科医として名をなしていた吉田長叔への弟子として長英をつないでやったりもした。

盛んな向学心を抱く長英は、長崎へもたびたび出向いていた。

もちろん、同郷の天涯弥十郎も長英を知っていて、陰になり日向《ひなた》になったりして面倒を見てきた。

五

「わたしは、どのみち、泥たんぼを這いずり回っていた百姓です。つい図にのって、身のほど知らずの思いを抱いていたのは間違い……思い上がりだったのです」

「それは考え過ぎと言うものだ」

「緋扇屋さんがこうしてお膳《ぜん》立てしてくださっても、あの人はやはりもう来ないのではないのでしょうか」

「来ます……きっと現れますよ」

「緋扇屋さん」

お美乃がさりげなく居ずまいを正した。

「もうひとつ勝手を言うのを許してください」

表情はおだやかだったが、まばたきをしない眸はあらたな勁《つよ》い光を宿していた。

「いまのわたしは、高野さんに見放されたら、またもとの暗い穴に落ち込んでしまうでしょう。いえ、ようやくつかんだ生きるよすがを見失って、息たえてしまうような気がしています」

しばしの間——向き合った秀五郎とお美乃の吸う息と吐く息が、ぴたりと同じ間合いになっている。

「どうか緋扇屋さん、わたしの勝手な言い草をお聞き届けくださいまし」

かぐわしい熱い息が、秀五郎に迫った。

「女としてのわたしを、どうか抱きとめてください。憐《あわれ》みでも、お情けでもいい、緋扇屋さんのお心を、ほんの少しでもいい、いまのわたしに分かち与えてください。お願いします!」

お美乃はさらににじり寄り、秀五郎の膝にがばと顔を伏せ、両の腕で秀五郎の腰をしっかりと抱いた。

白いうなじから、その肌から、からだの温もりが甘やかに匂い立った。

秀五郎は震えるような思いを押し殺し、目を瞑《つぶ》り、じっと腕を組んでいた。

艫《とも》の板間で船頭の声がした。

「お客さま、お見えでごぜえやす」

お美乃がすっと身を引いた。

秀五郎は腕を解き、なにごともなかったような落ち着いた表情で艫のほうを見やった。

高野長英が引戸を開け、身をふたつに折るようにして屋形船の内に大柄のからだを滑り込ませてきた。

「緋扇屋さん、大変遅れちまってすまない。いろいろ手間取ることがあって……」

秀五郎は腰をかがめてすさると、高野と入れ替わった。

「お達者でなによりでございます。それではひとまず、わたしはこれにて失礼します」

秀五郎はつれないくらいにそそくさと動いて、屋形船の引戸をうしろ手に閉め、艫の板間に出た。

船頭が秀五郎のために艫綱を引いて船体を岸辺につけ、足元を安定させる。

「船頭さん、ご苦労さん。わたしはこれで失礼しますが、あとを頼みますよ」

秀五郎が深々と船頭に頭を下げた。

「へい、承知いたしやした」

答えた船頭のものの言いようや頭を下げた仕草が心なしかぎこちない。

それもそのはずである。紺の手拭で頬かむりしている船頭は、あの天涯弥十郎である。

秀五郎は弥十郎とあらためて目まぜすると、そのまま数間ほどの荒れ地を軽やかに過《よぎ》って、表の通りへと去っていった。

弥十郎は秀五郎を見送ると、その視線をふいとあたりにめぐらせた。

いままで気づかなかったが、数間先の岸辺のくぼみに、舳先《へさき》を突っ込むように小舟が一《いっ》艘《そう》、腹を見せて横たわっていた。

誰かがここに乗り捨てていったものではないだろう。どこからか流れ着いた捨小舟に違いない。

弥十郎は、その見捨てられた小舟がなぜかひどく哀れに思えて、しばし目を放せないでいた。小波に揺られて舟は小さく身じろぎをしている。

その捨小舟の先には、岸辺に沿って葭《あし》っ原が広がっている。

――こういう風景に出会うと、固結びになっちまった心がはらりとほどけて、とても素直になるような気がする……。

弥十郎は目を遊ばせる。

葭もまだ背丈は低い。やがて、葭が伸びてさやさやと葉先を風に鳴らすころ、あのよしきりが「ぎょぎょし、ぎょぎょし」と騒がしく鳴き立てるようになる。

弥十郎は、水郷ともいえる故郷の奥州水沢のことを思い出していた。

――よしきりをひっ捕らえて、焼いて食って親父どのにぶっとばされたことがあった。

水の匂いが弥十郎に、よしなきことを思い出させていた。

弥十郎はあらためて屋形船の白い障子のあたりを見やった。

高野長英とお美乃を引き合わせるときは、万が一を考えて弥十郎がそれとなく見張ってやることにしたのだ。

　このところ、得体の知れない不気味な男たちが、高野長英、渡辺登、また小関三英たちの尚歯会に集まる者たちの周辺に出没している。

　その行動もどうやら日増しにあからさまに、そして有無をいわせない兇暴なものになりつつある。

　弥十郎は、艫綱を引っかけた岸辺の石にまた腰をおろそうとして、いきなり慌ただしい足音を聞いた。

　秀五郎が去った荒地を過る小径《こみち》を、まなじりを吊り上げまっしぐらに駆けてくる尻端折《しりはしょ》りの男たちが三人──弥十郎は咄嗟《とっさ》に船の艫の板間に跳んでいた。茣蓙《ござ》にくるんであった刀をひっ摑んだ。

「高野さん！　刺客だッ！」

　屋形船の内へ怒鳴っておいて、再び陸へ立ち戻った。

　西に傾きかけている陽の光を背に、三人が抜刀して襲ってきた。

　昼日中、大胆な襲撃である。が、このあたりはもともと人目のないところだった。だからこそ選んだ場所なのだ。

　刺客たちはその条件を逆手に取ったのだ。

例によって刺客たちは破落戸《ごろつき》ふうな装束《なり》をしているが、身のこなしは間違いなくさむらいと見た。

真ん中の長身の男が、駆け寄りざま真っ向から斬り下ろしてくる。

川べりぎりぎりに退って切っ先をはずす。

右からの男が白刃を横に薙《な》ぎながら鋭く踏み込んだ。同時に小兵《こひょう》の左の男が両手《もろて》突きで突進する。

弥十郎はからだを撓《しな》らせ、軽やかに左右に跳び、三人の第一撃を躱《かわ》した。

風のように動く弥十郎に戸惑い、彼らが慌てて体を構え直そうとする瞬間、左から斬り上げる一閃《いっせん》、その刀を右から真下に振り下ろす一閃、そしてさらに、右から左へと薙ぎ払う弥十郎の一閃が、それぞれの男の胴を、額を、腿《もも》を斬り割いていた。

弥十郎は船を振り返った。

高野長英が艫の板間に凝然と立っていた。その一部始終をかっと大きく見開いた目で捉えていた。

内心の怒りがその目に、勁い烱《ひか》りとなって表れている。

——と。

水中から、ざばっ！　と水しぶきをあげて六尺褌《ふんどし》の男が舳先へと跳躍した。口に匕首《あいくち》を咥《くわ》えている。

「高野さん！　うしろが危ないッ！」

裸の男は、狭い舷側を伝って艫へと駆けた。

弥十郎がさらに高野に命ずる。

「早く、陸《おか》へ！」

水中から現れた刺客の、水に濡れた屈強なからだがぬめぬめと光る。

大柄な高野が艫から陸へ必死に跳んだ。男が艫に踏み込むのが一瞬遅れた。

「くそッ！」

と男が吠《ほ》えた。

屋形船の中にお美乃がいた。

男は蛇《くちなわ》のようにしなやかな裸身を屋形船の内に滑り込ませた。

船体がぐらりと大きく揺れる。

お美乃の悲鳴が弾けた。

さらに甲高《かんだか》く鋭い声が、弥十郎と高野の耳膜を衝いた。

「お美乃ッ！」

高野が叫ぶよりも早く、弥十郎が屋形船の内に飛び込んだ。

高野も続いた。

が、同時に、男が向こう側の障子を蹴破り、川面に身を躍らせていた。

お美乃はのどを掻っ斬られていた。

薄墨色の紬の白い衿元を朱色の血がゆっくりと流れ広がっている。すでに事切れている

はずのお美乃の白い顔がかくりと傾《かし》いだ。

「すまぬ。手抜かりがあった」

弥十郎が高野にがくりと頭《こうべ》を垂れた。

高野はきつく目を閉じ、きりきりと唇を噛む。

二人の男の間に悲痛な沈黙の間が続いた。

やがて高野が重い口を開いた。

「いや、天涯さんが詫《わ》びるには及ばぬ。それもこれも、この高野長英のせいだ」

高野はお美乃の頰に愛しむように手を触れた。

「わたしはこのお美乃を一日も早く遠ざけようとしていた。巻き添えにしたくなかった。

だから、心にもない愛想づかしを口にしてきたのだが……」

お美乃の血の匂いが濃くなった。

「でも、間に合わなかった……。心優しい、賢い女だった」

弥十郎は掌《て》を合わせた。

「ずっと不幸せだった女を、さらにこんな酷いめに合わせてしまって……申しわけない……相すまぬことをした……」

高野長英は身を退くと、両手をついて深々とお美乃の骸《むくろ》に頭を下げた。

川は満ちてきているのか、船ばたを叩く水音がさらに冴《さ》えざえと聴こえていた。

# 第五章　この刻を咲く花のあり散るもあり

## 一

長崎遊学から江戸に戻った高野長英は、麹町《こうじまち》に私塾を開いていた。

以前から親交のあった幕府の医官松本良甫や、奥州水沢で父親と昵懇《じっこん》だった日本橋の薬舗、神崎屋源造の力添えで、麹町平河天神裏に近い貝（甲斐《かい》）坂に面した一画に、ささやかな借家ながらも塾舎と住居を確保できたのである。

若者たちが集まる塾を大観堂《だいかんどう》と名づけた。

世の中を高所大所から見極めようという思いが込められていた。

そして、彼らがたむろする棟を群雄館《ぐんゆうかん》とした。

質素な構えの割りには、いずれも少し大げさな名に思えたが、長英はひとまず満足していた。

江戸に立ち戻った長英が、かねてから畏敬《いけい》の念を抱いていた渡辺登（華山）と出会ったのは、志《こころざし》を同じくする小関三英の手引きによるものだった。

時を前後して、伊豆韮山《にらやま》の代官で幕府開明派の江川太郎左衛門との親交も得た。

渡辺は、三河田原藩の江戸詰の家老だった。

家老とはいえ、貧しい小藩の切り盛りに、生真面目《きまじめ》な渡辺の気苦労は絶えることがなかったようだ。しかし、渡辺は蘭学を学ぶ者たちを励まし力づけた。

渡辺の藩経営に対する能力よりも、むしろ学究の徒としての彼に、面目躍如たるものがあるように窺《うかが》えた。

その後、長英は渡辺に示唆され、向学心を抱く者を募り、同志と語り合い、みずからの勉学と研究の輪を拡大していった。

それは、紀州藩士の遠藤勝助の取りまとめで尚歯会なる集いとなり、しばしば開催された。

本所の江川太郎左衛門邸でも、よく集まりがもたれるようになっていた。

が、いま、その尚歯会そのものが、幕府の鳥居耀蔵らに目の仇《かたき》にされていた。

天涯弥十郎の言によれば、表向きは平静を装いながらも、鳥居を中心とした隠密組織は日々強化されているという。

永代橋川下の屋形船で高野長英が狙《ねら》われたときも、弥十郎は三人の刺客を斃《たお》しながら、水中からの刺客の奇襲に虚を衝かれてお美乃を死なせてしまっていた。

襲撃は周到にして執拗になっていた。

高野の嘆きはもちろんだったが、長英とお美乃を密かに引き逢《あ》わせた秀五郎に与えた衝撃も大きかったようだ。

秀五郎はつねに柔らかい微笑をたやさない男だったが、お美乃の突然の死以後、さすがにしばらくはその微笑も消えた。

高野のほうは、大きなからだを持て余すかのように身をこごめ、やたら深く沈痛な吐息をくり返していた。

じつは、聖天の為吉親分も、万寿屋甚右衛門が本所の硯雲寺の境内で刺殺されてしばらくして、

——どうやら、わしら町方の老いぼれの手に負えるようなしろものではないようで。

と、怒りを押さえ込んだような声で何度も呟《つぶや》いていた。

いや、為吉がこんな弱音めいたことをしきりに呟いたからといって、やることなすことをけっして投げているわけではない。

むしろ、確固たる証拠を摑《つか》みにくい現在の情況に苛立《いらだ》ちこそすれ、公儀《おかみ》の権力を背景に

した兇悪でしたたかな刺客、隠密たちへの敵愾心《てきがいしん》は、倍にも三倍にも燃え立たせているようだ。

もちろん、南町奉行所同心の相川錦吾には〈見えない異常事態〉についてそれとなく言葉を強め、警護や探索の強化を進言してきた。

しかし、目付鳥居耀蔵の命を受けているはずの暗殺者たちの跳梁《ちようりよう》を、あからさまに言い立てることはできない。なぜならば、奉行所の役人たちは、所詮《しよせん》鳥居耀蔵の配下でもあるのだから。

もし先走って、高野長英たち蘭学一派の擁護を言葉に出そうものなら、こんどは為吉自身が彼らと志を同じくする危険人物として狙われることになるからだ。

為吉は、秀五郎の寛容でいて豪胆な人柄を好いていた。

秀五郎と仲のいい天涯弥十郎なる浪人者も、その彼のなにもかもが分かっているわけではないが、秀五郎同様に誰彼なく、わけへだてることなく接してくれる出来た人間として好意を抱いている。

また、湯島の緋扇屋の寮番である喜十と孫のお袖に対しても、内うちの家族のようにしっくり肌が合うと思っている。

もうひとつおまけに、秀五郎を慕って寮に寄宿させてもらっている小倉竹之丞は、旧主の子息であり、その成長をわが子のように親しく見守ってきた、健《すこ》やかな若者だった。仲間の松之介も梅太郎も、いまどき珍しいほどに気立てのいい男たちで、子どもに恵まれなかった為吉は、彼らにはことのほか親しみを持っていた。

そういえば、あの喜十が言っていた。

——優しいお日さまが当たる温《ぬく》いところには、不思議と機嫌のいい顔をした石ころが集まってくるもんだよ……。

五つ六つ年上の喜十だが、やはり人生の得難い先輩——なかなか味なことを言うもんだと、喜十のそんな言葉をときおり思い返しながら、為吉はいまさらのように秀五郎の人柄の良さをしみじみと思ったりした。

それにつけても、近ごろの為吉の肚《はら》の中には、怒りと苛立ちをないまぜにした、煮えくり返るような思いがフツフツと音を立てていた。

理由はどうあろうと、有無を言わせず〔暗殺〕を強行する権力者たちが頭の上に君臨していることである。

——ぼんやりしていればまた、おれが大事にしている人たちやそこにかかわる人たちが、理不尽な兇刃に命を狙われるのだ。許せねえ。

このところ為吉の雪駄《せった》も、次つぎに十数足が履き潰《つぶ》されていた。

二

秀五郎は、竹之丞ひとりを伴《つ》れて麴町の高野長英宅を訪ねた。

竹之丞が両手に紺の風呂敷で包んだ嵩《かさ》ばったものを下げていた。

秀五郎がみずから経営する富岡八幡宮門前の料亭緋扇屋の板前に、特に注文して作らせた料理がお重にぎっしり詰まっている。

冬のあいだ、風邪などひくことのなかった喜十が、二日前から珍しく高熱で床に臥《ふ》せっていて、食欲をなくした胃の腑《ふ》に粥《かゆ》などを無理に流し込んでいた。

旦那《だんな》がお出かけなら、なにがなんでも起きてお伴をします、と言い張るのをなんとか押しとどめ、竹之丞が代役を務めることになった。

お重に詰めた馳走《ちそう》を送り届けると言っても、とくに高野長英宅に祝い事があるわけではない。

勉強だ、研究だ、著述だ、かと思えばとりとめもなく押しかけてくる病人の診察だと、朝から晩まで働きづめの長英は、三十歳をいくつも越したいまでも独り身の暮らしであった。

身の回りのことや賄《まかな》いのことなど面倒を見る老婢《ろうひ》はいるが、彼の暮らしはまことにもって不規則なものであった。

まさに、「医者の不養生」とやらで、それこそ食べたり食べなかったりの不摂生の毎日なのである。

郷里の水沢では、養父である玄斉の実の娘千越が、お兄さま、お兄さまとずっと長英を慕っていて、周囲の誰もがいずれ二人は夫婦《めおと》になるものと思い込んでいたとか。

だが、いまの長英にはもう、故郷に戻って千越と暮らすつもりはまるでないらしい。

もちろん、江戸から百二十里余り、奥州の閑静な里に育った世間知らずの千越を江戸に呼び寄せる気などはさらさらなさそうだ。

どうやら、何事にもこまかい気遣いをする小関三英あたりから、蘭学の先輩である故青池宗林のひとり娘を嫁に、といったはなしも持ち込まれているらしいのだが――。

しかも、現在の江戸のどこやらには、「わたしは高野の妻です」という女がいるとも聞いた。

彼自身が、優しく賢い女と手放しで認めたお美乃さえも、逆境に追い込まれそうな今後の自分の運命と絡めたくないと、それとなく突き離そうとしていた。

いままでの事情を知らぬ周囲の者からも、折りにふれて嫁をというはなしも持ち込まれるらしいが、なにしろ長英本人が多忙を理由に耳をかそうとしないのだ。

とはいえ、やはり、秀五郎がときたま持ち込むお重の料理には、

——うまいものはそれだけで人の心を幸せにする。

と手放しで感激する。そんなとき、

——故郷では毎日、おふくろの作った味噌汁が幸せだった。

と素直にのたまうこともある。


その日、ずっしりと手重りのするお重を高野家に運び込んだ竹之丞は、秀五郎のかたわらに座しての長英との談合に快いときを過ごした。

竹之丞は、暮れ六つまでには水道橋に近い小栗坂の実家まで戻る予定だった。

秀五郎は先に帰れと言うが、帰路、秀五郎の供ができないことをしきりに気にした。使いをやって実家へ帰るのは日延べしてもと竹之丞は言った。

それでも秀五郎が早めに帰るから心配要《い》らぬと言い、竹之丞はその言葉に従ってひと足先に高野家を出た。

彩り鮮やかなお重の料理は弟子門弟たちにもお裾《すそ》分けされて、酒なども出てひとしきり賑《にぎ》わいが続いた。

暮れ六つの鐘を聞いてから、さらに半刻ほど秀五郎は話し込んでしまった。門弟を伴れて行ってくださいと言う長英の申し出も断って、秀五郎はほろ酔いの足で半蔵門に出、そのまま右手に濠《ほり》を見ながら足早に内堀通りを歩いた。湯島まで歩き通してもたいしたことはないのだが、面倒になったら九段からの坂を下った飯田町あたりで、辻駕籠《つじかご》を拾ってもいいと考えていた。

内堀通りを九段へと登る坂は長い。

九段——田安殿の御門のあるこの台地は、眺望絶景の地であった。

——下総《しもうさ》安房《あわ》あたりまで眺望できる高台への道だ。息が切れるのも当たり前といえるか。もっとも、九段から俎板橋《まないたばし》を経て飯田町へと下る道はその分楽なわけだが……。

紫色と白い靄《もや》がないまぜになった宵《よい》の気配が、なんとなく艶《つや》めいて快い。

秀五郎は坂を登りきる。

正面には寂寥《せきりよう》とした馬場が広がっている。ひとつ息をついて田安御門の黒い陰を右に見つつ、俎板橋への急坂を足早に下りはじめた。

このあたりは、遠望のきく高台ゆえにお月見の名所と言われているが、今宵はまだ月の出には間がある。

坂の右手の濠端に連なる桜は八分咲きか、ほんのりとした花あかりの風情《ふぜい》がいい。左手には、九つの段に区切って土留めがなされていて、渋川助左衛門さまの広壮な屋敷塀が続いている。その途切れたあたりは小暗い叢林《そりん》になる。

長々と続くこの坂は、日暮れのあとは人通りも少ない。

足を運びながらも、なんとなく五七五のひとつもと心を遊ばせようとしていた秀五郎だったが、じつは先刻から、春の風情になじまぬ異質の気配を背に感じていた。

このところ、深夜のひとり歩きは控えていたし、どうしても外出しなければならない折りには伴れをともなったが、竹之丞を先に帰していた。

長英が、弟子の誰かを供にと言うのも辞退していた。

風が動いた。

何の花か、桜とは異なる花の匂いがあった。

前方、三間ばかり先の叢林の暗闇から背高な男の影が抜け出し、立ち塞《ふさ》がった。

立ち姿は覆面のさむらいだ。

「その男、待て」

ざらついた声は背後から発せられた。

「そのほう、緋扇屋秀五郎だな」

秀五郎は振り返り、薄闇を透かし見た。

背後の肩幅の広い覆面をした男が、さらに声を尖《とが》らせた。

「答えろ」

秀五郎は、あらためて前方の男を見据えた。

「答えぬということは、本人だということだな」

前に立ち塞がる男の押し殺した声。

「否と答えたところで、どうせ刀を抜くんでしょうが」

秀五郎は、おだやかな口調で答えた。

「理不尽な闇討ちに人違いがあったところで、どうということはないんでございましょう」

「この期《ご》に及んで口さがない。商人《あきんど》のくせに、小面憎《こつらにく》い男よのう」

喋《しゃべ》り方にあざわらいがまじっている。

男の殺気がいきなり炎になった。抜刀し、斬《き》りかかってきた。

秀五郎は道の端の闇をめざして機敏に動いた。

男は秀五郎を闇に踏み込ませないように回り込み、白刃を一閃《いっせん》した。

秀五郎は立ち止まり、念のために忍ばせてきた懐の匕首《あいくち》を引き抜いていた。全身を鋭く尖ったつららのような悪寒が貫いた。恐怖心だった。

背後の男が小砂利を踏んで動いた。間合いを詰めてくる。

秀五郎は、思いっ切り跳んで、そのまま坂下に向かって疾駆した。

前方と後方から挟撃される窮地をなんとか脱出するために、とにかく駆けた！

前方にいたさむらいが追いすがってきた。俊足である。太刀風《たちかぜ》を唸《うな》らせ、斬り上げた。

その切っ先が秀五郎の左腿《もも》に届いた。

「うッ！」

秀五郎の呻《うめ》きと重なるように、

「御用だッ！」

裂帛《れっぱく》の気合は、為吉だった。

さむらい二人に、戸惑いの間が生じた。

「構わぬ、そやつも斬れ！」

「おう！」

甲走《かんばし》った声が応じる。

足をもつれさせて地にのめった秀五郎を差しおいて、二人は為吉に刃を向けた。

「くそ……人殺し野郎め……」

為吉がけもののように唸った。

「くそ、鼠《ねずみ》め……走狗《いぬ》めらがあッ！」

為吉が、なおも吠《ほ》える。

ふたつの影は、声もなく為吉に斬りかかった。五合、六合、十手が刃を受ける金属音が火花とともに闇に散った。

すぐ、為吉の悲鳴があがった。為吉の足音が乱れる。あきらかに逃げ惑うものだ。

「恥を知りやがれ……十手者を殺そうとするてめえらは……何者だッ……」

「黙って、死ねッ！」

また、為吉が斬りつけられたか、重く喚《わめ》いた。

が、そのとき、あの背高のさむらいが絶叫した。脾腹《ひばら》に脇差《わきざし》をぶち込まれ転倒した。

「与四郎！もうひとりいる。逃がすなッ！」

低く頼もしげな声が響く。

「合点！」

怒りを秘めた凛《りん》とした声と、それに呼応する若者の声——吉原衣紋坂の鈴屋重蔵と与四郎だった。

苦戦の為吉に思いがけない二人の加勢が現れたのだ。

後方の男が、事態の急変にたじろいでいた。

「邪魔立ていたすなッ！」

焦燥のにじんだ怒声とともに、与四郎に斬りつけた。

正面から、ガシッ！　と受けた与四郎が、そのまま逆に力まかせに踏み込む。体を寄せる。鍔《つば》競《ぜ》り合いに持ち込んだ。

さむらいだった与四郎の強腕が勝っている。

覆面の男はぎりぎり押されて、のどで呻いた。

重蔵が、男の背後に回り込んでいた。

一瞬、ひゅう！　と息を吸い、気を溜め、構え、走った。両手に握った匕首は、筋張った広い背に、深々とその刃を没していた。

三

秀五郎が竹之丞を伴れて麴町平河天神裏貝坂に面した、高野長英宅に出かけた日――。

松之介は、思いもかけない相手と思いもよらない場所にしけこんでいた。

といっても、好きものと思われている松之介があれこれ企んで、そうなったわけではない。彼自身にとってもまったく思いもかけない成りゆきだった。

その日、松之介は、兄の彦之介に呼びつけられて下谷稲荷に近い実家に戻った。

来月執り行われる伯父《おじ》の七回忌の法要を手伝えという件はどうやら建前で、好き勝手に暮らしている松之介の近況についての問い質《ただ》しがしつこかった。

これは例によって、世話好きの嫂《あによめ》の差し金に違いない。

ふだん剽軽《ひょうきん》とおちゃらかしを得意とする松之介も、このときばかりは神妙に取り繕って従順に振る舞う。

一刻ばかりひたすら頭を低めてやり過ごした松之介は、ようやく屋敷を抜け出し、息抜きとばかりに、当然のように上野池《いけ》の端《はた》へと足をのばした。

不忍池《しのばずのいけ》は、どんな旱魃《かんばつ》にも涸《か》れることのない風雅な趣《おもむき》をほこる江戸の景勝地だが、それよりも、若い松之介には池畔の料理茶屋が気になる。

このあたりを、なんとなくそぞろ歩くのが好きだ。

いくつかの茶屋は、愛想のいい容姿の整った看板娘をおいて文字どおりの茶を出す店だが、それとは別に、出会茶屋として繁盛している店も多い。

夏になれば、気品と雅《みやび》な紅白の花が美しさを競う蓮《はす》の池も、出会茶屋の小部屋に身を滑り込ませる男と女の客には、まるで興味のほかで、陽の高いうちから障子をしっかり立ての秘めやかなたたずまいは、松之介ならずとも大いに気になるところだ。

それでも弥十郎のお供で出かける、吉原や深川あたりの芸者などとの一夜《ひとよ》の遊びは知っている松之介だが、金のやりとりは無縁の女との、それこそ互いに納得ずくの、しめし合わせての濡《ぬ》れごとなどという、おつな経験はまだなかった。

このあたりの石灯籠《いしどうろう》や柳の木の陰には、待ち合わせてそそくさと茶屋にしけ込む男と女の姿が目に立つ。

なにくわぬ風を装っていても、ひとときの水入らず、二人きりの褥《しとね》にいそぐ男も女もなぜか一様に無口、無愛想にさえ見える。

あてもない松之介のぶらぶら歩きにも、ことさらに目を伏せてすれ違う女がいるし、なんとなくぶつかってしまった視線にあわてて顔をそむけて行き過ぎる男もいる。

現に、町人姿の若い男が松之介と出くわすと、まるで盗人《ぬすっと》のようにそそくさと背を向け、素知らぬふりをして行き過ぎた——。

不忍池の東の端、元黒門町と仁王門前町の間を三味線堀《しゃみせん》へと流れ出る川を、小粋《こいき》に忍ぶ川とよぶ。

そこに架かる小橋のたもとで女が声をかけてきた。

春をひさぐ女か。

松之介は目をこすった。なんとなくもの言いたげな、くっきりしたその眸《め》を見忘れていなかった。

去年霜月《しもつき》十一月、おんまいの渡し場でなぜか気になる微笑を投げかけてきた、あの女だった。

いや、松之介、竹之丞、梅太郎が下帯ひとつになって川で溺《おぼ》れる者を救い上げたことに対して、「いよッ！　松竹梅！」と声をかけてくれたこともあった。

臙脂《えんじ》に狐《きつね》色の細いよろけ縞《じま》の着物に黒っぽい帯、髱《たぼ》を艶にまとめた髪形がぞくりとさせる色香を放っている。

女は、

「松之介さん」

と、初めから名指しで声をかけてきた。

「お甲《こう》と申します」

女は顔を近づけ、囁《ささや》くように、しかし、しっかりと透《とお》る声で早口に言った。

えも言われぬ甘やかな香が、松之介の鼻孔《びこう》を捉《とら》えた。

「きょうは、浮世の川で溺れかけているこのわたしを、どうぞお救いくださいまし」

川で溺れるとは、あのおんまいの渡しの船の転覆のことを言っているのだ。

「うん？　浮世の川で溺れるとは、どういうことだ？」

お甲は、いたずらっぽい媚《こび》をふくんだ目で甘く睨《にら》んでから、いきなり腕を絡めてきた。

「おい、待て」

さすがの松之介も、女の唐突ともいえる仕草に戸惑った。

お甲は数軒先の料理茶屋〔ころく〕へと松之介をいざなった。

足早に暖簾《のれん》を分けて土間に踏み込んだ。

磨き抜かれた板間に、待っていたかのように中年の女中が迎えに出てきた。

「わけは、ここで聞いていただきとうございます」

悪くふざけているように振る舞ってはいるが、お甲の表情やものの言いようには、じっは、ひどくぎこちない何かがまじっていた。

それはむしろのっぴきならないとか、せっぱ詰まっているといった類いのもので、松之介の腕を摑《つか》んだ白い指の意外な力にも、その何かが現れている。

松之介はすでに、お甲がそれとなく背後を気にしていることを見取っていた。

さっき、忍ぶ川を渡る小橋の手前で松之介とつい視線を合わせ、まるで盗人のように顔をそむけた町人風の男がいた。

さりげなく振り向いた松之介の視野から、その男はさっと姿を消した。

松之介の勘にピンと触れるものがあったのだ。

心得顔の中年の女中が、小暗い廊下の一番奥の部屋に二人を案内した。

窓が開け放たれていた。葭《あし》の新芽が生え揃っていて、新しい緑が目に清々《すがすが》しい。広い池の面が日の光に映えている。

この四畳半の部屋の右手の襖《ふすま》の向こうに、もうひと部屋あるらしい。お甲が女中に心付けを渡し、酒などを頼んだようだ。

「お怒りにならないでくださいましね」

開け放ってあった障子を、さりげなくお甲は閉めた。この種の茶屋の小部屋の男と女は、どうせなるようにしかならない。

松之介は、きっと何かの仕掛けがあると肚《はら》の中で呟きながらも、それならそれで退屈しのぎになるとばかり、ゆったりとあぐらをかいた。

所詮《しょせん》は身勝手な独り身、もともと危なげなこと、怪しげなことに首を突っ込むのは好きなたちだ。

「なぜ、おれを誘った」

松之介は、眩《まぶ》しいものを見るような思いで、あらためてお甲にまなざしを向けた。

「あまり幸せを知らない女と、野や池に棲《す》む鳥たちは、優しいお方の胸のうちは手に取るように分かるものです」

「そういうことを訊《たず》ねているのではない」

烏賊《いか》の沢煮《さわに》と水蕗《みずぶき》の煮つけなどの突出しと、徳利《とっくり》をのせた黒塗りの膳《ぜん》を女中が運んでくると、お甲はためらうことなく膝《ひざ》で寄って、盃《さかずき》を松之介に持たせた。

〽何ごとも言わぬが花のかきつばた

濡れてふるえて夜もすがら〜

唄うでもなく語るでもなしのお甲のしっとりした呟きが、酒より先に松之介の心に沁《し》みたようだ。

お甲が持った盃に松之介が酒を満たす。

〽不忍の池で忍んで蓮の葉に

しずくも情けの明けの鐘〜

松之介もぬけぬけとそう返している。

「ほほほ……なんとも粋なお方……やっぱりねぇ」

「やっぱりとは、このおれのことをあらかじめ調べておいたということか」

「さぁて……」

「お甲さんとやら……あんた、この茶屋に入るまで、ひどく怯《おび》えていたようだが」

お甲は、

「それより飲みましょう」

と言って、松之介の盃に酒を注ぎ、勝手に自分の盃に注ぐと、

「ごめんなさいよ」

と断って、さらに手酌で三杯続けてあけ、ふうっと息をついた。

久々に酒にありついたあばずれ女を思わせる不作法な仕草なのだが、お甲のそれはきりっと伝法《でんぽう》にきまっていた。

——飲み食いの美しい女は、何をやっても美しい。

松之介は思わず見惚《みほ》れた。

「お甲さん、いったい何を恐がっている？　どうした……」

松之介を見返ったお甲の顔が、泣き笑いになった。

「こんなふうに強引に、永谷松之介さんをいきなり茶屋に引き込んだりして……もし、無礼者！　とでも一喝されて斬られても、それはそれでいいと思っていたんですよぅ」

お甲はまた笑おうとしたが、こんどははっきりべそをかく顔になった。

思いがけなく両の目に涙があふれた。

「おっと……どうも女の涙は苦手だぜ」

「どうした、なんていう優しい言葉をかけてもらったのは、生まれて初めてだから……」

「まさか」

お甲は濡れた目を見開いて、松之介を正面からまじまじと見詰め直した。

「あなたは、永谷……松之介。剣も強いし、粋も心得ていらっしゃる。それで男っぷりもいいと、言うことないお人……」

「おれを嬉《うれ》しがらせてどうする？　そのほか、おれについて何を知っている？」

「何もかも」

「さて……」

松之介は盃を置いた。

「お甲さんがおれを知っているほどに、おれのほうはお甲さんのことをまるで知らない。それは不都合というものだ」

松之介がお甲の肩を抱き込んだ。

松之介はいつもの人一倍強い好奇心と、何ごとも〔物は試し〕と踏み込む、したたかな探求心を取り戻していた。

お甲は、松之介のなすがままにからだをくずした。

松之介はためらうことなく身八《みや》つ口《くち》から手を差し入れ、大ぶりのふくらみに触れた。

——そういえば、池の杜若《かきつばた》も蓮の花もまだこれからか。……さてさてこの小座敷の香ぐわしい花は手折《たお》っていいものかどうか。

それでも松之介の胸の隅にはほんの少し、眉《まゆ》につばする気持ちがあった。

たちまち息を荒くしたお甲は、焦れるように自分からからだをくねらせた。

しとどに濡れそぼる口づけは、若い松之介の少しばかりの分別を、有無なく吹きとばした。

松之介が手を差し向ける前に、お甲の着物の前がはらりとはだけ、艶やかな光をおびた膝頭が覗いた。

さらに大きく身もだえしたお甲が無意識のうちに左の膝を立てたから、朱い蹴出《けだ》しから目を射るように白い脛《すね》とふくらはぎがこぼれた。そして右のたっぷりした腿《もも》のあたりまでが、白い障子越しの昼の光に露わになった。

目をつむったまぶたに細く青い筋が透けて見え、艶やかなまつ毛が小さく震える。

お甲は松之介に、力をふりしぼるようにしてしがみついてきた。

みずからがやみくもに、ただ強引に色情の洞《ほら》に墜《お》ちて溺れようとするかのようである。

くり返し求める唇は、あわあわと言葉にならない声をもらし、やがてそれは、のどの奥から突き上げてくる激しい嗚咽《おえつ》にとって変わった。

あたかも、胃の腑から何かを吐瀉《としゃ》するかのように身もだえし、松之介の胸板に顔を押しあて慟哭《どうこく》しはじめた。

松之介は、男として逸《はや》り立つ炎《ほむら》を押さえ込んで、激しく乱れるお甲を包むように見やった。その理由《わけ》も問わぬまま、まるで心を違《たが》えたように昂《たか》ぶりわななくその背を、優しく撫でさすっていた。

松之介はただお甲が鎮まるのを待った。

「……口惜《くや》しい……」

お甲は苦しげに、そう声に出して言った。

「口惜しい？　何が、どうしたのだ」

お甲の顔を胸から押し離し、松之介が訊く。涙で濡れそぼった眸は頼りなく宙を惑い、間近な松之介の顔に定まるまでしばしのときを要した。

「口惜しくて……辛くて……哀しくて……」

「まだあるだろう……怖くて、恐ろしくて、心が休まるときがない……のではないか」

お甲は、すすりあげるようにのどを鳴らして息を吸い、大きくうなずいた。

「いずれ、このお甲は、松之介さんの命をつけ狙ったか、さもなければ、あなたのその刀で真っ向みじんに斬り捨てられたか……」

「もうひとつ」

「え？」

「お甲さん自身が、その前に刺客に刺し殺されたかもしれない」

たちまち、お甲の目に怯えが走った。

「この茶屋におれを引き入れる直前にも、得体の知れない男がうろうろしていた」

頰にかかる髪も阿娜《あだ》っぽい。息を詰めたようないちずな顔が、いやいやをするように左右に振られている。

松之介がずばりと言った。

「お甲さん、あんたは何者だ？」

お甲はふっと花のように微笑した。

「お目付、鳥居耀蔵の手下……」

「何？」

思わず松之介はお甲のからだを突き放そうとした。が、お甲は両手を松之介の首に絡め、動きを封じるかのようにしっかりとからだを密着させた。

「このまま、松之介さんの刀に斬られてもいいと思っているんですよぅ……」

お甲は、ふふふと声に出して笑った。

「これでは、刀も抜けん」

お甲は松之介の首に手を回したまま、正面からひたと見つめた。

「永谷松之介、とびっきりの凄腕《すごうで》。ふだんはなにかと剽軽《ひょうきん》を演じ、それとなくおちゃらけて見せるものの、じつは賢く思慮深い男……」

「どこでどう調べたか知らないが、とんだ買い被りというものだ。それよりも、お甲さん、あんたの素性について、もう少し訊《き》いておこう」

松之介はお甲のからだを、押しやるように離した。

お甲は、やむなく羞じらいを見せながら居ずまいを正し、向き合って座した。

「鳥居耀蔵の手下とはいっても、わたしは下っ端です。用済みになればさっさと消される女です」

「つまりお甲さんは、幕府の意に添うことのない者、命令に従わない者などをやみくもに殺《あや》める隠密や刺客の一味ということか」

肩を落としたお甲の姿がちんまりと小さく見えた。

「このところ、おれの周りにいる人たちも、もう何人か理不尽な死を遂げている。しかも今なお、心ある人がつけ狙われている」

「わたしが与えられた仕事は連絡役《つなぎ》……とはいっても、悪《あ》しき政治《まつりごと》に手を貸し、命じられるままに人を殺すための助《すけ》っ人《と》として動いてきたのも事実です。申しわけありません」

お甲は深々と頭を下げた。

「して、その仲間は？」

「小笠原貢蔵……黒塚利平……そして……」

「万寿屋甚右衛門を刺し殺したのも、そやつらだな」

お甲は黙してうなずいた。

「緋扇屋秀五郎、天涯弥十郎を狙ったのも……？」

「高野長英さんを襲い、お美乃さんを殺《や》ったのも、同じ連中です」

「やはりここで、お甲さんを斬り捨てねばならぬようだな」

「どのみち、命を狙われているわたしです。存分になさっていただいて結構です」

「そうは言うが、おれに救けを求めるために近づいたのだろう」

「いつの間にか、取り返しのつかない、二度と戻れない道に迷い込んでいたわたしを……なんとか助けてもらいたいなんて虫がよすぎることは分かっています。でも、斬られる前に……殺される前に、是が非でも成し遂げたいことがひとつあります……」

「それは？」

「鳥居耀蔵の息の根を止めること！」

「む！」

背筋をしゃんと伸ばし、お甲はきっぱりと言い切った。

そこにはもう、みずから情痴の洞《あな》に身を貶《おとし》めようと淫らにもだえる女の気配のかけらもなかった。

お甲はなおも、松之介が思わず瞠目《どうもく》するようなことを、昂ぶることのない声音で語った。

それは――。

鳥居耀蔵は、大学頭《がしら》――昌平黌《しょうへいこう》総長林述斉の四男で、のちに血縁の鳥居一学の養子となった男だった。

彼が昌平黌で学んでいたとき、お甲の弟の香山新一郎も同じ机を並べて学んでいた。

父親の香山徳十郎は、幕府表《おもて》祐筆《ゆうひつ》を務めていた。林述斉とは古い知己《ちき》だったので、徳十郎はひとり息子の新一郎を有無もなく昌平黌に学ばせた。

だが、新一郎と耀蔵とは肌が合わなかった。それに二人とも十五歳という若さで、お互いの気質や性格の差をうまく折り合いをつけて接するという知恵も方法も知らなかった。

いや、それは所詮無理だったかもしれない。なぜならば、耀蔵なる男はすでに秀才とよばれて周囲から特別扱いを受けていたし、総長の子息ということで得意の絶頂にあったのだ。

学んだことについて二人が話し合いをはじめると、いつも激しい議論になり、果ては摑み合いさえおきた。

新一郎もまた居丈高《いたけだか》に言いつのる耀蔵に負けてはいなかった。

その日、新一郎は耀蔵の刀でいきなり斬りつけられ、絶命した。

愛息であり、世継ぎである新一郎を斬り殺された父親徳十郎は激怒した。

一本気の徳十郎は直《じか》に林述斉に抗議した。

新一郎と耀蔵が争ったとき、その場に居合わせた学友の証言では、耀蔵が抜き打ちざまに斬りつけたということだったのだ。

しかし結局は、香山徳十郎の蟄居《ちっきょ》閉門であった。

事の当否を問う調べも詮議もなかった。

しかも、喧嘩《けんか》両成敗ならまだしも、加害者の林耀蔵には一切お構いなく、香山家はたちどころに、まったく一方的に糾弾されたのである——その香山一家の悲惨な結末を、新一郎の姉のお甲は、ぎりぎりと歯嚙みしながら凝視した。

徳十郎が病の床に臥す。長い患《わずら》いになった。

母親の志津は看病と貧しい暮らしに疲れ、なんの前ぶれもなく倒れて、そのまま逝《い》った。父は、いつも目尻に涙をしたたらせ、唇を慄《ふる》わせてうわごとを言いながら臨終を迎えたと、お甲はいきり昂ぶることなく語った。

「収まり鎮まることのない口惜しさを、恨みを返すための刃物として生きてきました」

蒼白《そうはく》ともいえるお甲の顔は、凄絶《せいぜつ》な美しさをたたえていた。

「その後、わたしがあまり耀蔵などに顔を知られていなかったのをさいわい、知恵のかぎりを尽くし、鳥居や小笠原の近くにもぐり込みました。けれど……」

無念という刃物が胸を内側から突いているのか、お甲は唇をきつく噛んで沈黙した。

視線を膝に注いでいる。肩に慄えがきた。

松之介が、その重い視線を掬《すく》い上げるような口調で言った。

「鳥居耀蔵も小笠原貢蔵なる男も、女の手では討てぬか」

「……なんとかここまでたどり着いたものの、もう前にも進めず……かといって後ろにも退けず……松之介さん、あなたに縋《すが》るよりほかに、どうしようもなくて……堪忍してください」

障子の外で、名も知れぬ鳥が激しく水音を立てて騒いだ。

ときには蓮っ葉に構えたり、水商売の女のようにわざとくずれてみせるお甲だが、もとはといえば武家の娘だったのだ。

「こんなことをいきなり口にするのも軽はずみ……とお笑いになって結構でございます

が」

右の肩に顎《あご》をつけるように顔を深くそむけた。うなじの白さに、ほんのりと朱に染まったかたちのいい耳たぶが映える。

松之介は、お甲を思いっ切り抱き寄せたい衝動に駆られたが耐えた。

「わたしは、松之介さんが……好きです」

「この場かぎりの殺し文句だとしても……悪い気はしないな」

「口から出まかせの戯《ざ》れ言《ごと》ととられても致し方ありませんねぇ」

松之介は、お甲の膝にあった手を包み込むように取った。

「人間が生きて歩く道は、けっして戻ることはできないと言いますが、その気になれば、心は再び元のところへ引き返せる……こんな都合のいいことを考えながら、わたしは何度も、人生をやり直したいと思ってきました」

松之介は、ゆっくりとお甲を引き寄せた。

またお甲はすすり泣くように息を吸い、からだをまかせた。

「人を信ずることができず、人をあざむくことばかりしてきて、いきなりこんなふうに信じてほしい、力を貸してほしいなどと言えた義理ではありませんが……この身勝手を、どうかご勘弁くださいまし」

「この茶屋へ来る道筋に小橋がある。川は忍ぶ川というそうだ。不忍池の東の端から流れ出して、薬研堀《やげんぼり》から大川に注ぐ」

松之介の厚く逞《たくま》しい胸に頬をよせて、お甲はじっと耳を澄ましている。

「人はみな、忍ぶ川を流れる水かもしれないな。清らかな水もやがて濁り水にまざる。その濁った水もいつか透きとおった水となる。川の流れとは人生のようなものだ……」

お甲が松之介の首に両手を巻いて、唇を求めた。

二人の間から言葉が消えた。

お甲はたちまち、若い松之介の強靭《きょうじん》なからだと尽きることを知らない、したたかな炎《ほむら》に煽《あお》られて、撓《しな》い、燃え、弾け、溶けた。

だが、お甲は命の限りを尽くすようにして応え続け、こんどは松之介が快楽《けらく》の底で息をきらせた。

「こんな思いを味わわせた女を、おれは恨むぞ」

そう言う松之介の口を、また柔らかく濡れたお甲の唇が塞いだ。

「おれはどうやら、生きながらにして極楽を知ったらしい……」

くずした髪を指で梳《す》きあげるお甲の、ゆたかな乳房と艶やかな腋毛《わきげ》に、また松之介が思わず手を差しのべた。

「お甲は、誰にでもこんなふうに情が濃いのか、たとえば、あの頭巾《ずきん》の男にも……」

「何をお言いかと思えば、意地の悪いことを！　あの黒塚も、できれば、鳥居、小笠原と一緒に冥土《めいど》に送り込みたい憎い男……女には、身すぎ世すぎのための褥《しとね》をもっともらしく演じることなど、それはたやすいことですよぅ」

お甲は、松之介の手枕で、さらに、松之介が思わず呻くようなことを語った。

いま、小笠原貢蔵が中心となり、尚歯会の主要人物の謀《たくら》みとして、

――幕府に対して謀反を起こし、伊豆南方の小笠原島あたりに立て籠《こ》もる準備を進めている。

という、奇想天外ともいえるでっちあげの事件を公表しようとしていることを。

身じろぎもせずに松之介はお甲のはなしに耳を澄ました。

お甲が語り終えると、松之介はお甲から離れておもむろに衣服を着けた。

お甲もそれにならった。手際よく髪を結い直した。

激しかった褥のせいか、なんとなくやつれの見える面立ちが、はや傾きかけた陽の仄明《ほの》かりを受けて、ひときわ白く映えて見えた。

「わたしが鳥居の命を狙っているらしいことを、黒塚はもう感づいていて、近ごろはわたしを近づけないばかりか、わたしを消そうとしていましてね……松之介さんがお察しの

とおり……」

「おれとこの茶屋にしけ込んだことも、もう奴《やつ》らに知られているよ」

「そしてわたしが、鳥居たちの謀みをあけすけに松之介さんに喋《しゃべ》っちまうことも、あの連中にはもうお見とおし……」

「いわば焦眉《しょうび》の急というやつだ。どうやらおれとお甲さんの眉毛《まゆげ》にも火がついてるというわけだな」

「そういう松之介さんは、このお甲に火をつけてくれましたよ」

「つまり、からだにか？」

「いえ、心にですよぅ。本気で惚《ほ》れたの腫《は》れたのなんてことは、とうの昔に置き忘れたはずなのに」

「それも男を嬉しがらせる世辞のひとつか」

「あしたにでも命を奪われそうなわたしに、どうでもいいお世辞を口にするゆとりはありませんねぇ」

「そりゃあ困った。涙も苦手だが、本気も苦手だ」

「逃げるならいまのうちですよ」

「おっと、腰が抜けて逃げられねぇよ」

「それはわたしの言うせりふじゃありませんか」

お甲は身をよじって笑った。

「お甲さんよ……」

「お甲と呼んでくださいましな」

「お甲よ……おまえの命を狙う奴は、おれが斬る。おまえとはもう少し極楽を味わいたい。だからどんなことがあっても、おまえを骸《むくろ》にはさせないぜ」

「そんな口説《くど》き文句は生まれて初めて聞きました……」

「お甲はおれの懐に飛び込んだ鳥だよ」

「あたかも不忍池のよしきり……騒がしくてご迷惑をおかけします」

「人間誰にでも、不幸せの割り当てはたっぷりある。だが、いい思いを味わう幸せの割り当てはひどく少ない……」

松之介は立って、お甲の後ろに回り込む。耳たぶに唇をつけた。

「おまえとは性が合いそうだ。これからもいい思いを分け合おう……な」

障子の向こうで、また水鳥がひとしきり騒いだ。

その日松之介は、お甲との甘美な褥に身を任せながらも、そのじつは、鳥居耀蔵や小笠原貢蔵なる男たちの人相やからだの特長をしっかり訊き出していた。

# 四

その夜、松之介は、高野長英宅からの帰路の九段坂で、秀五郎が刺客に襲われて深傷《ふかで》を負ったことを竹之丞から告げられ、愕然《がくぜん》とした。

しかも、なんとか犯人を捕縛しようと、必死の探索を続ける為吉も傷つけられているという。

為吉はこのところ、外に出る秀五郎の身辺にはとくに気配りをしていて、この日もそれとなく秀五郎を見守っていたのだ。

なんとか闇の刺客を捕らえる機会があるはずと考えての行動だった。

竹之丞は、

「秀五郎さんがこんなことになったのも自分のせいだ。あの日、実家によばれていたということで、ひと足先に高野宅を出た自分にすべての責任がある」

と、声を強めて言い続けた。

それにしても、梅太郎から聞いていた吉原衣紋坂の鈴屋重蔵と松崎与四郎が、秀五郎と為吉の危急を救ってくれなかったら、それこそ取り返しのつかないことになっていただろう。

松之介は安堵《あんど》の胸をなでおろしたものだ。

鈴屋の与四郎については、梅太郎にその生い立ちを聞いてはいたが、鈴屋重蔵もどうやら、ただの編笠《あみがさ》茶屋の亭主ではなかったようだ。

竹之丞は、この寮はもちろん、秀五郎が経営する富岡八幡宮前の料亭緋扇屋も狙われているので、秀五郎は麻布我善坊町の店で臥せっていると言った。

我善坊町とは、六本木と飯倉を結ぶ往還の北側の窪地《くぼち》にある。

このあたりには私娼《ししょう》を置く小料理屋や、若衆茶屋とよばれる小体《こてい》で瀟洒《しょうしゃ》な家がひっそりと集まっている。

公許の吉原あたりで遊び飽いた金持ちたちが、こっそり出かけてくるといわれているところだ。

秀五郎はこの、我善坊町の東寄りの小さな溜池《ためいけ》の淵《ふち》にある〔叶家《かのうや》〕という自分の店の奥の隠れ部屋に身を潜めているという。

天涯弥十郎の指示に従ったらしい。

叶家は、若衆茶屋——その家には、目鼻立ちの整った若衆が顔を揃えていることは松之介たちも知っていた。が、ほんとうに若衆茶屋として商いしているのかどうかを、正面切って確かめたことはない。

だが今回、秀五郎が運び込まれたことで、竹之丞がその叶家に行ってきた。弥十郎がよんだ良賢という蘭方医が、危ないところだったが命に別条はないと断言したという。

弥十郎は当然、高野長英に診《み》てもらいたかったはずだが、やはり麹町からの往診が危険と判じて、声をかけるのを思いとどまったに違いない。

このところ、幕府のご倹約令にともなう遊里色町への規制が強まったせいか、叶家には数人の若衆が詰めているだけで客の姿などは見当たらず、商いをしている気配はまるでなかったらしい。

若衆たちも華美な衣裳をつけてはおらず、唐桟《とうざん》の単衣《ひとえ》にきりりと角帯を締め、全員がきびきびと立ち働いて、秀五郎を思いやるように侍《はべ》っていたとか。

「松兄さん、叶家にいた連中は、どうやらかなり腕の立つ者ばかりと見ましたが」

「腕が立つとは、剣のことか？」

「もちろん」

「ほう。我善坊町の陰間茶屋の、若衆茶屋のという周りの噂はあれこれ耳にしていたが、秀五郎さんのやっていることには、しかと分からぬこともあるからな」

なにやら身の周辺が騒然としている。気がかりなことばかりが発生していた。

松之介はそこで竹之丞に、お甲という女の一部始終を包み隠さずはなした。

竹之丞は腕組みしたまま、ひと言も口を挟まずにはなしに耳を傾けた。

「松兄さんは、そのお甲さんの言い分を信じますか？」

「ああ、信じる」

竹之丞は松之介の目の奥を覗き込むように見つめている。

「少なくとも、秀五郎さんたちが狙われていることは事実だし、お甲の言い分ではどうやらその先には、とてつもない大事が起こることも予想される……」

松之介は竹之丞に、自分の推理も加えて思いのすべてを語った。

そして、絵筆を達者に使う竹之丞に、お甲から訊き出した鳥居耀蔵や小笠原貢蔵、そして黒塚利平の人相を描いてもらった。

お甲に聞いたとおり、黒塚利平の右の目尻には大きな黒子《ほくろ》を書き込んでもらった。

「竹よ、おまえもやっぱり、さっさとさむらいなどやめて浮世絵師にでもなりゃあいいのによ。枕絵《まくらえ》なんぞ描いて暮らしゃあ言うことないぜ」

松之介のいつもの軽口に、竹之丞はにこりともしなかった。

そこへ、喜十と梅太郎が帰ってきた。

――秀五郎さんはわたしらに任せて、為吉さんを見舞ってやれ。

と弥十郎に言われ、浅草聖天さんの為吉の家まで出かけていたのだ。

この騒ぎで、喜十の風邪もいっぺんに吹っとんだようだ。

為吉は自分の傷のことなどは念頭にないかのように、幕府の刺客隠密の跳梁《ちょうりょう》に怒りをぶちまけていたという。

喜十は、

「あんなふうに熱《いき》り立つことができればおっ死《ち》ぬことはない」

と、安心したようだ。

が、しかしその肝心の傷の治りは思わしくないらしい。

二人はその足で、吉原衣紋坂の鈴屋を訪ねている。

重蔵と与四郎に礼を言うためだ。

なぜ、秀五郎と、そして為吉の危機を編笠茶屋の亭主と若い衆が救ってくれたのか、その理由も知る必要があった。

重蔵は、きりりとした、強靱《きょうじん》な筋金を通したようなからだを持っていた。だが腰の低い、当たりの柔らかい応対で、二人の訪問を歓迎してくれた。

「なぁに、たまたま通りかかったんですよ。それにしても危ないところでした」

そう言ったあと、重蔵はきわめてさりげなく、天涯弥十郎の名を口にした。

「弥十郎さんとは縁続きでしてね。言ってみれば、緋扇屋秀五郎さんをはじめ、同じ志を持ったみなさんのお手伝いをしたいと思っているだけでございますよ」

重蔵と与四郎の主従は、たまたま通りかかったのではない。きっと為吉あたりにそれとなく助っ人を依頼されていたのではないか——。

喜十があれこれこまかく訊きたがるのを、重蔵は軽くいなした。

「どんなちっぽけなことでも、良いことだと思ったことを自分流にやっているだけでございますから、どうぞお気になさらずに……」

梅太郎はそんな重蔵の言葉遣いや目の配りなどを見ていて、

「やはりあの人も、もとはさむらいだったのでは」

と思ったと言った。

重蔵が吉原の角町の富士屋まで客を案内して出かけた。与四郎には、

「もう少しお相手をしなさい」

と言ってくれたので、梅太郎はその後の山田利一郎《おとし》のことを訊ねた。

「あいつの酒はますます悪くなる。自分で自分を貶めるためにここへやって来るようだ」

与四郎は、どうにも手のほどこしようがないと言った。

「つまるところ、利一郎は父親に見捨てられるために、わざと世間に醜態を晒《さら》しているとしか見えない」

「父親に、見捨てられるために、わざと……？」

「首斬り朝右衛門の跡を継ぐことを拒むためにだ」

刃を振るうとそれだけで、なぜか悪寒に襲われる奇癖のある梅太郎だ。

首斬りという役向きから、必死に逃れようとしている利一郎の気持ちは、自分と共通するものと思っていた。

梅太郎は、利一郎の妹の小夜と、あれから二度逢っていた。

小夜に付いている女中の満江のはからいで、千駄ケ谷の寮で逢い、さらにその十日後にも招かれて出かけている。

小夜からも、

「兄は、いくら相手が罪人といえども、自分の手で首を斬り落とすことなどは、絶対できないと言っています。そんなことを男子一生の仕事にすることなど断じて拒む、とお酒を呑んでは乱れるのです」

と折にふれてくり返し聞いていた。

だが、父親の前での利一郎は、そんな苦渋の思いをおくびにも出さない。

当主吉昌こと六代目朝右衛門には近寄りがたい厳しさがあり、誰もが遠巻きにしている。家族もみんな、日に日に荒《すさ》む利一郎を見て見ぬふりをしているのだ。

与四郎は、

「利一郎は家を出りゃあいいんだよ。おれみてえによ。あいつ、その度胸がないんだ。自分で自分を蛇《へび》の生殺しにしている」

と、斬り捨てるように言い放った。

「それより、梅よ、おまえのほうはどうなっている？　利一郎の妹のお小夜に惚れちまって……ついでに利一郎の代わりに首斬り朝右衛門を継ぐかい？」

石のように黙していた喜十が口を開いた。

「この梅太郎さんは、刀を差してはいても滅多に刀を抜かないお方です。その利一郎さんとやらのお考えと、同じものを持っておいでのようですよ」

与四郎は、

「それじゃあ、お小夜さんとの養子縁組は無理だな」

と軽く言っておいて、

「それならいっそ、お小夜さんを連れてさっさと上方《かみがた》にでも逃げるのが得策じゃねぇか」

と言葉を継いだ。

「あのお小夜さんも、かなり息を詰まらせているらしい。梅よ、惚れているなら、ここでひと肌脱いでやるこった。人間、やらなきゃならねぇときは、すっぱりとやるに限る」

「お若いのに、小気味のいいことをおっしゃいますね」

「へへ、つまりは軽はずみだってことよ」

「いえ、思慮があって、そのうえできっぱりからだが動くというのは、やっぱり若さというものでございますよ。若い人はいい、うらやましい。この老いぼれにもじつは、是が非でもやらなければならないことがございますが、気持ちは逸《はや》っても、どうもからだがついていきませんでねぇ」

梅太郎が軽く訊いた。

「喜十さんが是が非でもやりたいことって、いったいどんなことだい」

「それが……悪どい古狐《ふるぎつね》を一匹、この手で仕留めるということが念願で」

「悪どい古狐？」

「その日その日を、真面目に正直に、こつこつ働いている善良な百姓を食いものにして、のさばっている古狐……よくそのあたりをうろうろしているじゃありませんか」

「ねぇ喜十さんよ、その古狐退治、手伝おうじゃねぇか、どうだい梅よ」

「面白そうだ。喜十さん、やらせておくれ」

若い二人はすぐその気になる。

「それが、その古狐め、手強《てごわ》い奴で。下手《へた》ぁ手を出すと返り討ちになりますんで」

「返り討ち？」

梅太郎がきょとんとする。

「すると、二本差しにでも化けて出るのかい、その狐野郎は」

「へえ、図星で」

与四郎が悪のりして、

「ひょっとして、秀五郎さんや為吉親分を狙った野郎に似てるなんてことはねぇのかい？」

と膝をすすめる。

「さすが勘が良くていらっしゃる！」

梅太郎と与四郎が顔を見合わせた。

「てえと……」

与四郎が大真面目な顔で訊いた。

「喜十さんが狙っている古狐とは、本物のさむらいということになるのか？」

「へえ」

「なにをぐずぐずしている」

「へえ」

「へえ、へえじゃ分からないぜ」

「へえ」

「じれってえな。苛々《いらいら》させるなよ」

そこで喜十は鼻をすすりあげた。

「ふーん。年を取るとやたら涙っぽくなるっていうが、おれはぐずだの煮え切らねぇのが大嫌いだ。これでも父っつぁんの味方のつもりだぞ」

喜十が頭を下げて言った。

「ありがてえこって。ありがとうごせえます。ほんとにありがとうごせえます」

「だからよ、そんなことより、その先のはなしだって」

喜十はまた大きく鼻をすすりあげている。

# 第六章　小ぐるまは回りめぐりて五月闇

一

五月——早月五月雨《さつきさみだれ》と言うがごとく、端午《たんご》の節句を過ぎると間もなくうっとうしい梅雨《つゆ》に入る。

神田川の懐かしげな水の匂《にお》いも、心なしか濃くなる季節。

神田川の水源は、武蔵野《むさしの》は三鷹《みたか》の井《い》の頭《かしら》池という。

井の頭弁天が祀《まつ》られている、ここの池の湧《わ》き水は清らかに澄んでいて、秀忠とか家光とやらの将軍が、その美味なる水を好み愛飲したとかで、お茶の水という名もある。

とくに船河原橋からの下流を神田川とよぶが、いまでも流れは美しく人々の心を和《なご》ませる。

町には朝顔売り、風鈴売り、梅の実売りと、いろとりどりの売り声も日の暮れとともにとだえ、灯ともしごろになると、これはもういつもながらのけんどん蕎麦屋《そばや》などの出番となる。

筋違御門《すじかいごもん》にほど近い連雀町《れんじゃくちょう》の通りっ端にある、名も知らぬ稲荷《いなり》の祠《ほこら》の前にも、丸い輪の中に味の字を印した行灯《あんどん》を掲げた蕎麦屋が出張ってくる。

〔まるみや〕と読ませるのだろう。

連雀町のもとの名は連尺町——連尺とはつまり、木枠を麻縄で結った背負子《しょいこ》、やせ馬など称する荷物を運ぶための道具、それを作る職人が多く住んでいるところだ。

十日ばかり前までは確か、六兵衛とかいうひどく腰の曲がった爺《じい》さんが立ち働いていたが、いつの間にかあるじが代わっていた。

六兵衛が足腰の痛みがひどく、茶呑み友達だという長吉という老爺《ろうや》に代替わりしたという触れ込みだった。

長吉は足腰のしゃんとした背丈もある男だ。

さいわい蕎麦の味のほうも落ちることなく、相変わらず常連が立ち寄っている様子で商いにはなっているようだ。

なにしろ六兵衛以来の、連雀町の働き者揃《ぞろ》いの職人たちがそのまま贔屓《ひいき》にしてくれているので、長吉爺さんもひと安心というところか。

洗い晒《ざら》しの半纏《はんてん》に紺の股引《ももひき》、白緒の草履できびきびと立ち働く長吉と称する、その爺さんの顔をよくよく見れば、なんと喜十であった。

それにしても、客の対応にもそつがなく、蕎麦をつくる手つきもなかなか――。

さて、どんないきさつがあってこうなったのか――?

吉原衣紋坂の鈴屋で、喜十は、与四郎、梅太郎を相手に是が非でも古狐《ふるぎつね》を一匹、自分の手で仕留めたいと、ついもらした。

喜十の言う古狐とは、かつて御鷹《おたか》狩りの鳥見役《とりみやく》だった黒塚利平のことであった。

この黒塚利平という男は、あのお美乃や加助とも因縁があった。

その後黒塚はどう立ち回ったのか、目付鳥居耀蔵の直属の配下で御小人目付の小笠原貢蔵と同格の地位にいる、ということも喜十は調べあげていた。

御小人目付の職務の範囲は広く、行政のあらゆる分野の監察を担当する。

いわば、幕府中枢に直結する隠密探索役ともいうべきもので、事件が発生すれば、その立ち会いから、小伝馬町の牢屋《ろうや》見廻り、勘定所、町奉行所などなどにも出役《しゅつやく》として出張る。

それも隠密裡《り》に行動することが多い。

つねに将軍の周辺に侍《はべ》る鳥見役なるものは、じつは、もうひとつの職務として幕府行政の全般にわたる密偵の役目をになっていたのである。

黒塚利平なる男はいわば一貫して、裏の務めに励んできたのだ。

喜十はあの日、梅太郎、与四郎の巧みなはなし運びにほだされて、ついつい古狐退治――幕府御小人目付黒塚利平への怨念《おんねん》までも吐露してしまっていた。

それは――。

喜十が板橋宿の在の徳丸本村で百姓をやっていた十二年前、ひとり息子の仙吉が、ほんのささいなことから役人に斬り捨てられた。

仙吉は、喜十が親しくしていた下赤塚の小平治の娘きよを嫁にして、すでに一子をもうけていた。貧しくとも幸せに暮らしていた。

その一子とは、お袖である。

徳丸本村は、毎年、四月ころから秋口まで、将軍の御鷹さまの好物の生餌《いきえ》（螻蛄《けら》）を毎日二百匹、五つ刻（午前八時）までに、雑司ケ谷の御鷹屋敷に届けるよう、厳命を受けていた。

当番の百姓たちは、陽が上がる前の暗い荒地に火籠《ひかご》を据えて火を焚《た》く。

紅蓮《ぐれん》の炎をめがけて、螻蛄や蛾《が》や名も知れぬ無数の羽虫たちがたかり寄ってくる。

麻袋をしばりつけた竹竿《たけざお》を振り回し、なにがなんでも一日二百匹の螻蛄を捕らえねばならない。

その二百匹の生餌を封じ込めた木箱を大八車にのせ、仙吉とその相棒の八助が雑司ケ谷の御鷹屋敷まで、早駆けで運ぶのが日課になっていた。

いつも納入の時刻五つ刻ぎりぎりになる。徳丸本村から雑司ケ谷までざっと三里、屈強な二人も、駆け詰めに駆けて息をきらせる。

御鷹屋敷に着くころは、ときには足許もおぼつかないほどに疲れ切っている。

その日、屋敷の裏門をくぐったところで、仙吉が引いた大八車の車輪がすれ違いざまにさむらいの差し料の鐺《こじり》に触れた。

先をあせる仙吉は、気がつかずそのまま行き過ぎようとした。

さむらいは「無礼者！」と一喝して、梶棒《かじぼう》の仙吉に追いすがりざま、一刀のもとに斬り捨てた。

それを見た後押しの八助は仰天し、転げるように逃走した。

無残な骸《むくろ》になって戻ってきた仙吉と対面して、女房のきよは狂乱し、そのままきよの神経は正常に戻らず、一年後に幽霊のように衰弱したまま逝《い》った。

幼いお袖は、すでに女房を亡くしてやもめ暮らしをしていた喜十が引き取って育てた。

喜十は、倅《せがれ》仙吉を有無を言わせず叩《たた》き斬ったさむらい、黒塚利平をずっとつけ狙《ねら》ってきたのだ。

──わたしがもし黒塚をやれば、たったひとりの孫のお袖が路頭に迷うことになる……。でも、どうしてもあの黒塚をのうのうと生かしておくことはできない。ひとり息子をそれこそ虫けらのように叩っ斬った黒塚……あいつだけはどうにも許せない……。

喜十はこれも虚仮《こけ》の一念だと言った。

いや、いまこの期《ご》を逃したら黒塚を殺《や》る機会はない。自分の年齢《とし》も考えて、なんとか力を貸してもらいたいという気持ちがあったのではないか。

いままで肚《はら》の底に押し込んできた秘密──与四郎、梅太郎に問われるままに、喜十は、つい肚の底の隠しごとを喋《しゃべ》った。

なんとか押さえていた憤怒の炎が一挙に噴出したのだ。

いつもの温和で寡黙な喜十ではなく、気を違《たが》えでもしたような鋭い光を、そのまなこにたたえて、しっかりとはっきりと過去のいきさつを語った。

房五郎や為吉が襲われ、深傷を負っている。

そのことと、自分がずっと狙ってきた黒塚が、その一味におおいに関わっていることも喜十の心を駆り立てているのだ。

梅太郎も与四郎も、喜十の思いがけないはなしを黙って聞いた。

──とはいえ、どんな理由があろうと、公儀《おかみ》の役人を殺《あや》めれば、為吉親分も見逃しちゃあくれないだろうし、つまるところ獄門、磔《はりつけ》……。

二人は、思いあぐねている喜十のうなだれた姿を見やり、互いに顔を見合わせた。

それでなくても黒塚利平は役目柄、かなりの手練《てだれ》らしい。

まともに喜十が立ち向かったところで、本懐を遂げられるわけがない。

与四郎が、

「喜十さんの気持ちは分かり過ぎるほど分かるが、直《じか》に手を下しちゃあいけない。やっぱりお袖ちゃんの先々のことを考えてやらねば」

と口をきわめて言った。

が喜十にはもう、素直にそんな言葉を聞くゆとりもないようだった。

その黒塚利平が、連雀町の越後屋米店の横町を折れた小ぢんまりした家に、女を囲っていたのだ。

黒塚はつねに他人目《ひとめ》をかすめるようにして通って来るのを、喜十は確かめていた。

与四郎は、このことを重蔵にはなして知恵と力を貸してもらおうと言った。

喜十は喋るだけ喋ってしまうと、むしろ気落ちしたように肩を落とした。

——年を取って、こらえ性をなくしちまって……余計なことを喋り過ぎたようで。

用を済まして戻ってきた重蔵に、与四郎と梅太郎は喜十のはなしをした。

重蔵はこともなげに言った。

「喜十さんのために、ちょいとひと働きしようじゃないか」

焦った喜十が不用意に黒塚の周辺を動き回って気づかれ、返り討ちに遭う危険があった。重蔵が、知り合いのけんどん蕎麦屋〔まるみや〕の六兵衛爺さんに言いふくめて、喜十を俄《にわか》蕎麦屋に仕立てた。

三人が助っ人《すけと》になるから早まるなと諫《いさ》め、なんとか押さえたのである。

黒塚は、必ず暮れ六つ刻、筋違橋を渡ってくる。

そのままわき目もふらずに連雀町の女の家に急ぎ、だいたい四つ刻には、神田川を渡って帰る。

素知らぬふうを装いながらも、手拭《てぬぐい》で頬《ほお》かむりした喜十は、蕎麦の担い道具の陰から黒塚の姿を刺すような目で追った。

いまから十二年前、雑司ケ谷の御鷹屋敷で斬り捨てた若い百姓のことなど、黒塚はとうに忘れているのではないか。むろん、その父親の顔など知る由《よし》もないだろう。

だからといって、したたかな黒塚に、百姓の出である喜十につけ入る隙《すき》があるとは到底考えられない。

喜十も、重蔵の助っ人の申し出には、男泣きしながら礼を述べた。

その日は、宵《よい》から雨になった。細く、煙るような雨だった。

五つ半ごろだろう。番傘を斜めに傾けた黒塚が連雀町の路地から出てきた。引き上げる時刻がいつもより少し早い。雨のせいか。

頭からすっぽり半纏をかぶった職人ふうの男が、軒下の小闇を伝うように黒塚の数間うしろを跟《つ》けて歩いている。

じっとり濡れるのもいとわない。細身のからだは軽やかで、霧のような雨をまとっていて、その姿は見極めにくい。

男は梅太郎だ。

今夜はもう〔まるみや〕は店じまいしたのか、あのおなじみの行灯のあかりは見えない。

黒塚が、人影のすっかり絶えた火除地《ひよけち》を足を速めて過ぎる。

神田川の河岸《かし》に近づく。別の男がふっと闇の底を追う。

与四郎である。

黒塚が筋違橋に差しかかる。

こまかい雨滴に、橋のたもとの常夜灯のあかりがぼんやり灯《とも》っている。

そのあかりに一瞬、右の目尻に黒子《ほくろ》のある黒塚のいかつい顔が浮いて消えた。

「その男、待て！」

橋のたもとの闇の中からの声。

黒塚は、まるで動揺するふうもなく、からだの向きを変えた。

番傘を左手に持ち替えて首を伸ばし、闇を透かし見る。

「黒塚利平だな」

重蔵の声だ。

「虎《とら》の威《い》を借る古狐、とよぼうか、それともさむらいの衣を着けた薄汚い走狗《いぬ》、とよび捨てようか……」

黒塚は三間先の、声の主の在《あ》りかを確かめた。

なまなかの侮蔑《ぶべつ》や罵詈《ばり》雑言《ぞうごん》などの挑発にのせられる黒塚ではなさそうだ。

黒塚は押し黙ったまま、ためらうことなく川端をずかずかと突き進んだ。

傘を捨てた。抜刀した。

箭《や》のように走った。走りながら右上段から袈裟《けさ》に刀を振り下ろした。

重蔵はすさった。間一髪の間合いをはずしている。

その重蔵の動きと入れ替わるように、地べたに近い位置から、黒い影が躍り出た。

与四郎だ。

左下から斜めに白刃を斬り上げた。

黒塚が、

「うッ！」

と叫んだ。

左腿《もも》を切っ先が裂いたか。

正面と左後方の敵に、戸惑いの瞬間が生じていた。

黒塚が与四郎に向き直ろうとするより速く、梅太郎が黒塚の背に取りついていた。

左右の腕をぎりぎりと締めつけた。

黒塚の鍛え抜いているはずの筋肉質の両の腕は、梅太郎によってがっちりと締めつけられている。

黒塚の食いしばった歯を衝いて、

「くそッ！」

という痛みと憤怒のまじった呻《うめ》きがほとばしる。

あの細っこい梅太郎のからだのどこに、こんな怪力がひそんでいるのか。

「喜十さん……いまだ！」

重蔵だ。

「おう！」

けんどん蕎麦屋の担い棒を携えた喜十が、闇の奥から走り出た。

梅太郎に両手を押さえ込まれている黒塚の正面に立つ。

黒塚は重く光る目で喜十を見据えた。が、表情は動かない。

与四郎は脇差《わきざし》を構え、黒塚の腹に当てている。

「さあ、存分にしなせえ、喜十さん」

重蔵に促されて、喜十は深く息を吸った。

「徳丸本村の百姓の仙吉を覚えているか。十二年前、御鷹さまの生餌を運んでいった雑司ケ谷の御鷹屋敷で、おまえに殺されたわたしの倅だ……」

「ふん！」

黒塚はあきらかに鼻であしらった。

喜十は、担い棒を槍《やり》のように構えて、その先端で黒塚の鳩尾《みぞおち》を突いた。

ひと突き、ふた突き、三突き――。

気を昂《たか》ぶらせた喜十の棒の先に狂いがあるのか、黒塚は呻きはもらすもののしたたかに耐えている。

喜十はたまりかねて、与四郎に言った。

「その脇差を……」

重蔵が喜十を押しとどめた。

「喜十さん、手を汚しちゃあいけねぇ」

喜十は激しい怒りのためか、熱病《おこり》のようにからだをわななかせている。

「この……人でなしめが……」

と、食いつくように言い、黒塚の衿《えり》を両手でわし掴みにしてぐいぐい締め上げた。

さすがに黒塚はのどを詰まらせ、もがき暴れる。

梅太郎が、がっちり押さえ込む。

「ちく生ッ……このけだものが……薄汚い走狗めが……死ねッ……死にやがれ……地獄へ堕《お》ちろ……地獄だ……地獄だ……」

喜十の呪《のろ》うような言葉がやがて、重い唸《うな》り声になっていた。

喜十は拳《こぶし》をかため、黒塚の顔面をひたすらに殴りつけている。

重蔵が、さめた声で与四郎に言った。

「こいつは、おれが殺《や》ろう……」

「いや。わたしが殺ります」

と与四郎が答える。

「喜十さん、しっかり見ていておくんなさい」

与四郎が喜十を引き離してそう言った。

与四郎は、両手に握った脇差の刃を、ためらうことなく黒塚の脾腹《ひばら》に深々と埋めた。ひと言も喋らなかった黒塚が、地鳴りのような声をほとばしらせた。

喜十は、その声に吹き飛ばされたかのように後すさって転げ、地べたに尻を突き、悪鬼のように変貌する黒塚の顔を呆然《ぼうぜん》と見上げていた。

## 二

麻布我善坊町の叶家の数寄をこらした造りは、すっぽりと紫陽花《あじさい》に囲まれている。

この紫陽花は小花が丸く群れて咲くので、またの名を手鞠花《てまりばな》というのだが、入梅《つゆいり》を待つ薄紫の花の風情《ふぜい》はしっとりと心を和ませる。

が、あるじの秀五郎の胸のうちは、このところ重く沈んでいる。

左腿の傷は思ったより深く、恢復《かいふく》もままならない。

いまは、高野長英の代診として高弟の加島佐一郎という者が、密かに往診している。

長英は自分が直接診察できないのを苛立《いらだ》っているようだが、弥十郎が往復の危険を考えて強く止め立てしている。

秀五郎も大事をとって、叶家のこの離れから外へは出ない。

刺客の危険もあるが、肝心の足が、自分の好みで造った小庭をそぞろ歩くことすらおぼつかないのだ。

昨夜の筋違橋のたもとでの一件を、梅太郎から聞いた竹之丞が秀五郎の枕辺《まくらべ》で、その報告をした。

鳥居耀蔵の直属の御小人目付、黒塚利平が何者かの手によって刺殺されたことは、当然、幕府に衝撃をあたえているはずだ。

犯人を求めての探索が始まっているだろう。

竹之丞の報告を目をつむって聞いていた秀五郎は、

「そうか！　喜十は思いを遂げたのか……」

と呟《つぶや》いた。

「あの喜十の過去のことはわたしも知っていた。徳丸本村の庄屋の嘉治五郎とは昵懇《じっこん》だったから、その不運な経緯を聞いていた……。このうえは、喜十とあのお袖を安穏に暮らさせてやりたい……」

竹之丞は、秀五郎の懐の広さ、思いやりの深さをあらためて思った。

「権力者の周辺にいる者の思い上がりや薄汚い私利私欲が、どれほど民百姓を苦しめてきたか……そんな忌《い》まわしいあれこれが少しも正されないばかりか、虎の威を借る狐たちの跳梁《ちょうりょう》は激しくなるばかりだ。このままではいずれ、この世の中、とんでもない地滑りが起こる……」

つねに包み込むような柔らかい微笑をたやさなかった秀五郎の血色のいい顔も、いまは蒼白《あおじろ》く面やつれして痛ましい。

秀五郎が襲われたとき、すぐに馳《は》せ参じた天涯弥十郎の指示で、六本木の蘭方医の芝園良賢なる医者がよばれた。

良賢は、江川太郎左衛門宅で開かれる尚歯会に名を連ねる花井虎一の知己《ちき》であった。花井は御小人目付小笠原貢蔵の部下で、つねに尚歯会の末席に顔を出している陰気な男だ。

格式張ることのないこの会は、来る者を拒まず快く迎えたのである。

いま、その花井はあまり姿を見せない。

弥十郎は秀五郎が深傷《ふかで》を負ったとき、麴町の高野長英をよぶことをあえて控えた。それもこれも、麴町から我善坊町への往復に、万が一の事故があってはとおもんぱかっての配慮からだった。

良賢とは、直接の面識はなかったものの長英と同じ蘭学を学ぶ者だし、尚歯会の花井の知己ということで、弥十郎は信頼できるものと判断した。

ところがその後、花井と芝園良賢が、どうやら小笠原貢蔵の屋敷にしげしげと出入りしていることを弥十郎は知った。

豆腐料理を食わせる本所の〔うた屋〕の吉蔵が調べてくれたのだ。

吉蔵の料理の腕はいっぱしである。包丁さばきも見事だし、季節のものをあまり手を加えずにさりげなく出す素朴な献立の滋味が、文句なしにいい。

いや、吉蔵が頼りになるのは、じつは包丁さばきの腕ではない。

秀五郎や弥十郎の志《こころざし》を、またその志を同じくする者たちの陰での動きを、黙って援《す》けてくれている。怠《なま》けや緩みのない気働きや実行力が大いに役に立っていた。

――花井虎一と芝園良賢の二人には、どうぞ十分にお気をつけくださいまし。

必要以外の言葉を口にしない吉蔵が、低い淀《よど》みのない声でそう言い切った。

弥十郎は、良賢を叶家によんだことを悔いていた。とんでもない誤算だった。

秀五郎をどこかほかの場所へ移さなければならない。それも速やかにと考えていた。

秀五郎の身の回りの世話する若者たちがいた。

世間では、この家を陰間茶屋の、若衆茶屋のと口さがないが、それもそのはず、この五人の若者もまた、松之介、竹之丞、梅太郎と比べても少しも遜色《そんしょく》のない美男揃いなのだ。しかも、弥十郎が折にふれ、麻布箪笥《たんす》町に近い潮雲寺の広大な裏山で、始祖、伊達外記の自源流の技を教え込んだ連中なのである。

潮雲寺の確然和尚の風采《ふうさい》は、達磨《だるま》さまのように太めでのっそりしているが、棒術大極一心流の遣い手である。いわば荒法師もいいところで、弥十郎とはうまがあって、ざっくばらんなつきあいをしている。

陰間茶屋の、若衆茶屋のと陰口を叩かれるほどに目鼻の整った若者が、汗水流して鍛練するさまを、和尚は楽しげに、嬉《うれ》しげに眺めやるのである。

松之介が息せき切ってやって来た。

秀五郎の枕辺での見舞いの挨拶《あいさつ》を済ますと、竹之丞に目まぜして外に誘い出した。泉水などを配した中庭に面した濡れ縁である。

もちろん、傷の癒えぬ秀五郎を見舞うのに、さすがの松之介も軽口叩いたりおちゃらけたりするわけがないが、それにしても松之介の表情が妙に硬い。

「梅太郎は？」

竹之丞のほうから訊いた。

「湯島の寮だ。喜十さんになにかあると困るから、残してきた」

「松兄さん、からだの調子でも悪いんですか。顔色がよくありませんね」

竹之丞が、心配げに松之介の顔を覗き込む。

「ああ」

ぶっきらぼうな返答である。

「あのな……」

竹之丞を見返った目が刺すように鋭い。

「お甲が、殺された」

「え？」

「今朝、なんとなく胸騒ぎがして、茅《かや》町のお甲の家に立ち寄った。夕べ、殺されたらしい」

松之介が唇を嚙《か》んだ。

「もう寺前町の善次という十手持ちが出張っていたが、匕首《あいくち》で胸乳《むなぢ》を刺されていた」

「というと、自分の家で……？」

「……どうやら昨夜遅く、お甲を訪ねてきたお店《たな》者らしい男を、近所の者が見かけている……」

「お店者……？　顔見知りっていうことですか？」

「幕府の目付の下には、御小人目付というのがいる。彼らは、豪商の番頭にも丁稚《でっち》にも変装する。いや、魚屋にも八百屋にも呉服屋にも姿を変えて、狙う相手に近づく……お甲が言っていたことだ」

「お甲さんは……つまり仲間に消されたんですか」

「そういうことだ。いまの奴らは、手当たり次第に人を殺す」

「弥十郎さんのはなしでは、高野長英さんも渡辺さんや小関さんも、だいぶ剣呑《けんのん》な目に遭っているそうですよ」

「聞いている」

「弥十郎さんは、ここに秀五郎さんを置いとくのが心配だと言ってます」

松之介がさらに声を低めた。

「お甲から、聞いていることがあるんだ」

「…………？」

「小笠原貢蔵らと密議をこらすために、目付の鳥居耀蔵がお忍びでちょくちょく出かける屋敷がある」

竹之丞が、きっと松之介を見据えた。

離れへの渡り廊下から、英三郎という若者が声をかけてきた。

「天涯さまがお見えです」

弥十郎も、秀五郎を疲れさせてはとそこそこに挨拶を済ませたようだ。

弥十郎、松之介、竹之丞は、別室に集まった。

英三郎が茶を運んできた。作法を心得たきっぱりした立ち居振る舞いが快い。

備前焼《びぜんやき》の湯呑みに淹《い》れた煎茶《せんちゃ》は、ささくれ立っている三人の心を和らげた。

「わたしたちはいいから、秀五郎さんを頼むぞ」

弥十郎がそう言うと、

「かしこまりました」

と、英三郎は折り目正しく辞儀をして去った。

「あの英三郎は、小太刀《こだち》もよく遣う」

弥十郎は目を細めて、立ち去る英三郎のぜい肉のない細い背を眺めやった。

「ところで……」

麻布簞笥町に近い潮雲寺に、秀五郎の身柄を移したいと弥十郎は言った。

本堂の裏の離れを貸してくれると確然和尚が快諾してくれているとか。

「今夜、二人にここに泊まってもらって、明朝さっそく秀五郎さんを移したいのだが」

その夜、弥十郎は、松之介、竹之丞からの重大な申し出を聞いた。

小笠原貢蔵らと密議のために、鳥居耀蔵がたびたびあるところにお忍びで出向く。その帰路を襲いたい、と言う。

場所は小石川伝通院裏、戸崎町に近い青木隼人之助の屋敷の離れ家だという。

このことを松之介に漏らしたお甲が、昨夜たちどころに殺されたということも、松之介は弥十郎に打ちあけた。

弥十郎は、黙然と腕を組んだ。やがて、

「殺らなければ……殺られる。決行するなら一刻も早いほうがいいだろう。ならば今夜、わたしがその青木隼人之助の屋敷の周辺を探ってくる」

一気にそう言った。

夜鳥の声がした。鳴き声は、ぶっぽうそう、と聞こえる。

西久保山城町寄りの崖下《がけした》には、江戸の町中とは思えぬ奥の深い叢林《そりん》がある。

弥十郎がふっと息を抜くように、

「あの鳥はなんという鳥だ？」

と訊いた。

「たぶん、木葉木菟《このはずく》でしょう」

「このはずく？」

夜の五月闇のさなかでさびしげに鳴く鳥の名を、弥十郎はあらためて口にした。

「つまり……ふくろうの小さいやつです」

物識りの竹之丞《し》は真面目《まじめ》に言い足す。

ぶっぽうそう！

とまた、鳴いた。

「このはずくは、闇にまぎれて滅多に姿を見せない鳥です」

「闇にまぎれて滅多に姿を見せない鳥、か……」

弥十郎の胸の内には、憎むべき刺客たちへの思いが沸騰しているようだ。

「ではわたしは行く。二人はここに泊まってくれ」

明け六つから暮れ六つまで、台所仕事を片付けてくれる小女が来ている。夕飯が済むと永坂町の裏店《うらだな》に帰る。

英三郎が「よろしければ」と言って、盆に熱燗《あつかん》の徳利《とっくり》と香の物を添えて持ってきた。行き届いた男だ。

「秀五郎さんは？」

と松之介が訊く。

「よく眠っておいでです。わたくしが付き添いますので、どうぞおくつろぎください」

十五か六か。氏素姓は一切知れぬが、裏店で育った者ではない。

梅太郎のほうが年上のはずだが、英三郎は妙におとなびて見える。

「遠慮なくいただく……」

松之介の微笑に、英三郎もまた女のような柔らかく控えめな笑みを返してきた。

だが、酒好きの松之介にとっては、英三郎のせっかくの好意の今夜の酒が水のように味けなく思えた。

竹之丞とのはなしも弾まない。

松之介は、ふっとお甲のことを口にした。

「人に待たれて咲き匂い、愛《め》でられ褒《ほ》めそやされ、惜《お》しまれて散る花は幸せだ。でも、人知れず咲いて一顧《いっこ》だにもされず散り落ちる花もある……」

珍しいことだった。いつも陽気な松之介の声が感傷でしめっていた。

「お甲を……救ってやれなかったことが……悔やまれる……」

竹之丞が注いだ酒を、松之介はまた水を呑むように干した。

心の臓にしみるようなしじまがあった。

ぶっぽうそう！

と、木葉木菟のくぐもった声がした。

二人は目をつむって、その不思議な鳴き声を聞いていた。

それから一刻後──子《ね》の刻を回ったころ、

「大変だッ！ 火事だ！」

英三郎の鋭い叫びで、松之介、竹之丞も浅い眠りから跳ね起きた。

秀五郎が臥《ふ》せっている離れあたりが騒然としている。

英三郎たち若い衆の、

「曲者《くせもの》ッ！」

「ぬかるなッ！」

と呼応する声があがっている。

松之介、竹之丞は万が一に備えて夜着《よぎ》に着替えていなかった。

二人は刀を摑むと、猿《ましら》のように離れの部屋への廊下を走った。

部屋の正面には小竹を嵌《は》め込んだ小粋な出窓がある。その外壁に油でも撒《ま》いて火を放ったか、黒炎に交じった炎が部屋に充満している。

すでに秀五郎は床から抜け出し、英三郎たちにいざなわれて廊下へ出ていた。

「廊下の雨戸を開けろ！」

英三郎が下知《げち》する。

誰かが雨戸を開け放った。

松之介が叫んだ。

「外は危ないッ！　秀五郎さん、そのままッ！」

白刃をかざした黒い塊《かたまり》が、いきなり闇の中から跳び入ってきた。

秀五郎に斬りかかる。

その突進を英三郎が阻む。いつの間に抜いたのか、英三郎の小太刀が刺客の顔を切り裂いていた。

闇の中に若い衆が次つぎと跳んだ。

たちまち外の闇で刃を打ち合う鋭い金属音が起こった。

もし、煙と炎に追われた秀五郎がいきなり闇の庭に踏み出せば、その一瞬を待っていた刺客に一刀のもとに斬り殺されたろう。

英三郎がまなじりを吊り上げ、蹌踉《そうろう》とした秀五郎を庇《かば》って立つ。

「英三郎、秀五郎さんを頼むッ！」

と声をかけ、松之介が縁から庭に跳梁する。

竹之丞も続いた。

三

伝通院は浄土宗の名刹《めいさつ》。小石川表町にある。正式の寺名は、無量山寿経寺伝通院。寺領は六百石といわれ、広大である。徳川家康の生母である於大《おだい》の方と二代将軍秀忠の娘千姫の墓もここにあり、参詣人《さんけいにん》が絶えない。

鬱蒼《うっそう》たる森に囲まれた本堂の真裏は大久保因幡守の、これまた宏壮な屋敷がある。

ゆったりとした水をたたえた小石川大下水の堀を越えると念速寺、喜運寺、法伝寺、安閑寺と寺が並ぶ。

その安閑寺塀に沿って御納戸衆、青木隼人之助の屋敷があった。昼なお暗い木立に囲まれ、森閑として侵し難い構えを見せていた。

屋敷の前の道を西にゆくと左手は田や畑、右手に四万四千坪の小石川御菜園。

そのまままさらにまっすぐに歩を進めれば、右手に林大学頭《がしら》の屋敷がある——つまり、鳥居耀蔵の実家だ。

これはとくに理由があってのことか、また偶然なのか。

天涯弥十郎は、うた屋の吉蔵の助けを借りて周辺の地理をしっかり頭に叩き込んでいた。

すでに、あらゆる手ずるをたどり、慎重を期し、執拗に鳥居一派の密議の動きを探り出していた。

猶予はできなかった。

——殺らなければ殺られる。

いまの弥十郎には、巨大な渦が見えている。

その渦は大きく輪をつくりながら、轟々《ごうごう》たる唸《うな》りを上げて回転している。

中心には、あたかも錐《きり》のような空洞が、水の底に向かって鋭く尖っている。

水流は刻一刻と速度を増していて、渦に巻き込まれた人間たちが、その錐状の空洞へと次つぎと吸い込まれてゆくさまがはっきりと見えるのだ。

万寿屋甚右衛門の脅《おび》えうろたえる姿がある。

お美乃の恐怖にひきつれた顔がある。

お甲らしい女が必死に救いを求める声が聞こえる。

いや、聖天の為吉や、緋扇屋秀五郎の呻吟《しんぎん》する顔が重なり浮かぶ。

高野長英もいる。渡辺登もいる。小関三英も、江川太郎左衛門も——尚歯会に名を連ねる者の姿や顔が、ますます猛り狂う渦の輪に揺さぶられながら明滅する。

いや、水戸藩主徳川斉昭《なりあき》公の顔もあった。

鳥居耀蔵は、かねてから斉昭公が創設した藩校〔弘道館〕の学風を嫌っていた。ことごとに斉昭を排斥《はいせき》せんがために策動していた。

斉昭はもともと神を敬《うやま》い、儒教《じゅきょう》を尊《とうと》ぶ心を旨《むね》とする人だったが、その一方できわめて進取の気概に富んでいた。

水野忠邦もまた、この徳川斉昭を幕府蹂躙《じゅうりん》を謀《はか》る者として敵視しており、鳥居にけしかけて密かに斉昭の失脚を画策していたのである。

聖天の為吉の怪我の恢復《かいふく》が思わしくない。そのためにうた屋の吉蔵がよく動いてくれている。

その吉蔵が、花井虎一なる男が尚歯会に出入りしながら、一方では鳥居耀蔵の走狗《いぬ》として働く小笠原貢蔵としきりに談合しているという報を伝えてきている。

――鳥居は、尚歯会の会員を一網打尽にすることを考えている。

弥十郎は、怒りで肚の底を熱くする。

――どうせ血で汚れてしまったおれの腕だ。ここで、志を持つ者たちのために役立てれば、その穢《けが》れも少しは薄まるか……。

弥十郎は、松之介の指示で竹之丞が描いたという鳥居耀蔵の人相書を思い浮かべている。狭く貧相な額。落ち窪《くぼ》んだ細い目。突き出た頬骨。削いだような頬。薄く酷薄な唇。尖った顎《あご》――。

謀略と奸智《かんち》と権力に固執する醜い男の貌《かお》。

弥十郎の想像の中の鳥居が、黄色い歯をむき出してにやりとした。

――夷狄《いてき》の輩《やから》を、すべて葬るぞ。

夷狄とは野卑野蛮な者ということだ。夷狄とは、鳥居耀蔵自身のことではないのか。

弥十郎はあらためて、きりきり痛むような鋭い怒りと、胸を鉄鎖で締め上げるような危機感にたじろぐのだった。

弥十郎は、法伝寺と安閑寺の間の小路の道の端に身を潜めていた。

月の出にはまだ間があるのか。それとも雲が出て月の光をさえぎっているのか。闇に染まった夜気にはしめり気がある。

ちょっと前、繁茂した頭上の葉群れの中で名も知れぬ鳥たちがしばし不粋な声を立てて騒いだ以外は、あたりは息を止めたように静粛としている。

青木家のなまこ壁をあしらった長屋門のくぐり戸はがっちりと閉ざされている。

一刻ほど前、駕籠《かご》一挺《ちょう》が、この門を入った。

屋根も引戸も担ぎ棒も黒く塗った気品のある趣《おもむき》の駕籠で、明らかに幕府の重臣重役が使うい わゆるお忍び駕籠とよばれているものだ。

供として、見るからに屈強そうな若いさむらいが従《つ》いていた。

駕籠かきたちも門番の控え所に入ったらしく、くぐり戸は閉じられたままだ。

駕籠の主は頭巾《ずきん》をかぶっていた。もちろん顔は頭巾におおわれて見えない。

竹之丞が描いた鳥居耀蔵の、偏屈とも、頑迷とも、固陋《ころう》ともいえる陰気な顔が、あの駕籠の御簾《みす》の向こうにあるはず、と弥十郎は念を込めるような思いで、立ちはだかる門の扉を睨んだ。

――そろそろ、鳥居が帰宅する……。

弥十郎は、五日前、そして三日前、きょうの三度この青木家の門前で、鳥居が来て、そして帰るのを確認している。

ほかの連中は、鳥居よりもかなり早く到着し、また鳥居が帰ってからのちも談合を続けているらしい。

いや、青木の屋敷を出たその駕籠は、帰途、宗慶寺の先の林述斉の屋敷――つまり、父親の家に立ち寄っているのだ。

駕籠の男が鳥居耀蔵であることに間違いない。

弥十郎は門前を離れた。道を西へと足を進める。

右手に松平駿河守の下屋敷の築地塀が延々と続く。左側に数軒の武家屋敷。そこを過ぎると右側は小石川御菜園のゆるい丘陵《きゅうりょう》、左側には田畑が広がっている。小石川大下水の流れの向こうには、慈照院と光圓寺の寺領の森が黒々と盛り上がって見えている。

一町も行かないうちに、左手に小さな祠《ほこら》と三本の松の木がある。そのあたりは、雑木と雑草の叢林である。

松之介、竹之丞、梅太郎が待機していた。

ここで、鳥居を襲う手筈《てはず》になっているのだ。

松之介に救いを求めたお甲が、

「鳥居耀蔵がお忍びで、小石川戸崎町近くの青木隼人之助の屋敷にたびたび現れる」

と言ったことに偽りはないようだった。

闇のかなたに、ぽつりと灯りが現れた。

仄赤い点がわずかに揺れながら近づいてくる。

弥十郎は、畑より一段高く土盛りされた道の斜面にぴたりとからだを貼《は》りつけている。

松之介たちは、対面の叢林や祠の陰だ。

ぼやけていた灯りが、だんだんとはっきり見えてくる。

かすかに水のせせらぎが聞こえる。灌漑《かんがい》のための用水路が近くを流れているのだ。

松之介も竹之丞も梅太郎も、素面《しらふ》を晒《さら》していた。

覆面などで顔を隠すつもりはなかった。

鳥居耀蔵本人はもちろん、供のさむらいも気の毒を承知であえて駕籠かき二人も、完全に息の根を止めるつもりなのだ。

足音がひたひたと聞こえてくる。

提灯《ちょうちん》は当然のことながら無紋だ。さむらいが先に立つ。

足が速い。駕籠かきの掛け声がぐんぐん迫ってくる。調子も速い。勢いもいい。

四間、三間、二間――。

弥十郎がすいと立って、道の中央に立ちはだかった。

供のさむらいが足を止める。いきなり提灯を捨てた。

刀を引き抜いた。

弥十郎がひと呼吸速く一閃《いっせん》した。

間一髪、さむらいが退った。

駕籠かきが「わあッ！」と叫んで居すくんだ。

梅太郎がさむらいの背後から組みついていた。

右腕が首に巻きついている。さむらいの首の骨が、ぐきり！　と鋭く、しかしはっきりと音を発した。

さむらいは刀を投げ捨て、両手でやたら宙を搔《か》きむしりながらけものじみた声で吠《ほ》え、どうと崩れ落ちた。

畑への斜面を滑り転げる駕籠かき二人を、追いすがった竹之丞が二振りした刃で斬った。さむらいの投げた提灯が地べたで燃え上がり、しばしあたりを明るくしたが、すぐ炎はおとろえた。

放置された駕籠を、弥十郎と松之介が両側から凝視していた。

駕籠は静まり返っている。まるで無人のようだ。

「幕府御目付、鳥居耀蔵殿。お命頂戴《ちょうだい》致したく参上した。外に出られい！」

弥十郎の低くよく響く声が駕籠を突き刺す。

駕籠は石のように沈黙したままだ。

「鳥居耀蔵、出ろッ！」

若い松之介は、地を踏み鳴らし、声を荒らげた。

それでも反応のない駕籠に苛立った松之介は、怒声をふくんだ気合とともに引き戸の御簾を横薙《な》ぎに斬り裂いた。

――と。

引き戸を蹴破って、泣き喚《わめ》くような甲走《かんばし》った声を発した頭巾の男が転げ出した。

弥十郎が一喝する。

「鳥居耀蔵、動くなッ！」

松之介が、刀の切っ先を鳥居の胸に突きつけた。

梅太郎がすでに背に貼りついていて、両の腕をうしろに回して締め上げる。

鳥居は、堪《こら》え性をかなぐり捨てたように、腸《はらわた》を絞る大声で喚き出した。

狼狽《ろうばい》と恐怖と錯乱がないまぜになったその咆哮《ほうこう》は、松之介たちの耳膜を衝いてきた。

竹之丞が頭巾を力まかせに剝《は》いだ。

鳥居が身を慄《ふる》わせて叫んだ。

「おれは、鳥居耀蔵なんかじゃねえ！　おれはただの百姓だ！　鳥居耀蔵じゃねぇぞ！　練馬《ねりま》の田柄《たがら》の助三だあッ！」

松之介が突きつけている刃《やいば》など眼中にないのか、暴れ馬のように跳ねた。

梅太郎が押さえつけるために左腕を捻《ひね》った。

「痛《いて》えッ！　痛えよう……ちく生ッ！　なにするだぁ……」

あたりかまわず、大声で泣き叫ぶ。

弥十郎がうろたえ動くその顔を殴りつけた。

「やだよぉ！　たった二分《にぶ》の金で、こんなひでえ目に遭うなんて……ひでえよぉ……」

弥十郎は松之介を見返ってから、ただだらしなく声をあげる鳥居の――いや、男の衿元《えりもと》を摑み上げて顔を真近に見据えた。

「こいつは……鳥居ではない！」

松之介たちが息を呑《の》んだ。

「似ても似つかない！　百姓の顔だ！」

「にせ者か！」

と、松之介。

「というと、これは……謀《はか》られたのか？」

弥十郎が呻く。

竹之丞、梅太郎がふいに顔をあげ、

「あッ！」

と驚愕《きようがく》の声を発した。

背後の三本松の大樹の根元の、その黒々とした叢林の陰からいくつもの龕灯《がんどう》の灯が現れた。

いや、六尺棒を携えた捕手たちの影が陸続《りくぞく》と姿を現したのだ。

鳥居耀蔵に仕立てられた百姓助三は、ただあわあわと喘《あえ》ぎながら、闇の底を逃げ去っていった。

「御用ッ！」

「御用だッ！」

「神妙にしろッ！」

捕り手たちがいっせいにおめき叫んだ。

龕灯の灯りが十数条、立ちすくむ弥十郎、松之介、竹之丞、梅太郎に集中する。

「おい、松、竹、梅！　いいか、なんとか闇にまぎれて逃げろ！　そしてどこかで、きっと逢おう！　いいなッ！　散れ！　達者でなッ！」

言い捨てると弥十郎は小石川御菜園の闇に跳んだ。

捕り手たちが横に広がりながら地を蹴って走り出した。足音と威嚇《いかく》の声があたりに鳴動した。

「じゃ、またな、竹、梅ッ！」

松之介は小石川大下水へ向かって疾駆した。

「というわけだよ、梅！」

「世の中、上には上がありますね」

「出直しだ、こりゃあ！」

竹之丞は光圓寺の森をめざし、闇を切り裂いて走った。

梅太郎も、幼な子のような無邪気さで、竹之丞の後に続いた。

# 終章　妖かしの舞台ゆさぶる疾風来る

松之介と竹之丞と梅太郎の三人は、どうやら蛙《かわず》にならずに済みそうである。

いや、彼らがそのへんの沼や池で、不粋《ぶすい》にゲロゲロと鳴く蛙になったとかなるとかではない。

世の先達《せんだつ》たちが言う「井の中の蛙」のことである。

もともと、彼らのような下級御家人の次男三男は生まれてこのかた、それとなく冷たく扱われてきた。

武家社会においては、家系家格を継承する嗣子《しし》は大切にされるが、それ以外の男子はあからさまに「冷や飯食い」であり「部屋住み」とあしらわれるということだ。

へたをすると「居候《いそうろう》」だの「食客《しょっかく》」だのと他人のように言われ、実の親にさえ迷惑顔をされるのである。

とりあえず、寝泊まりして食うことはなんとかなるものの、ときが経てばたいてい厄介者扱いになる。

そうだ、彼らのことをずばり「厄介」とも称した。

そんな彼らが、行き場のない屈託を持て余して徒党を組み、あげく、破落戸《ごろつき》ややくざと刃物三昧《ざんまい》で渡り合い、ときにはわけもなく商家を荒らし、婦女を暴行したりと顰蹙《ひんしゅく》をかうことが日常化していた。

しかし、目に余る暴挙暴走も、彼らが武家の子弟だということで大目に見られてきた。

だいたい、武家社会では、体面を重んずる。醜聞や不行跡、はたまた恥晒《はじさら》しの不始末などはとことん隠蔽《いんぺい》する。

それは、将軍家から幕閣、そこに従う幕府役人など、また大名、旗本、御家人など例外はない。

どんなに浅はかで見え透いた醜聞も事件も、お互いが見て見ぬふりをして、

「万事、なにごとも安穏にて」

という蓋《ふた》をしてしまうのだ。

したがって、松之介、竹之丞、梅太郎がかかわった事件も、「我が身大事」の父親たちの裏での狂奔《きょうほん》もあって、大騒動にならずに立ち消えた。

彼らは、天涯弥十郎と緋扇屋秀五郎とのつきあいのなかで、武家以外のさまざまな者たちに接してきた。

まだ心根までは腐らせていなかった三人は、弥十郎や秀五郎にいざなわれて、人の世の機微や理《ことわり》を知らず知らずのうちに学んだのだ。

そこには、堅苦しい説教や理屈はなかった。

一に忠誠、二に格式、三に礼節、四に――と言いながら、その裏で「我が身大事」とあれこれ画策して表面を取り繕う武家社会とは、根っこから異なるものだった。

つまり彼らは、世間知らずの井の中の蛙にならずに済んだというわけだ。


時は十一代将軍徳川家斉《いえなり》の治世であった。

この将軍、すでに「北海の鱈《たら》のごとし」と言われていると、なぜか幕府の内情に通じる弥十郎のはなしである。

北の海に生息する魚の鱈の雄《おす》は、なんと雌《めす》の鱈にいちどきに百万粒、二百万粒、いや五百万粒という卵を産ませるという。

家斉とかいう将軍、とにもかくにも女性との褥《しとね》遊びが大好きで、正妻茂姫のほかに側《そく》妾《しょう》が三十人、四十人――それ以上のお手付きがいるということだ。

ご乱行ともいうべきこの大奥のありさまを、ある幕閣はひそかに、

——江戸城大奥も、まるで吉原のようになり申した……。

と嘆いたというのも、弥十郎のまことしやかなはなしである。

それにしても、日ごと夜ごと、手当たり次第に御女中に手をつける将軍に、したり顔でぼそぼそと嘆いてみせるだけの幕閣もただ愚かしいと、弥十郎は吐き捨てるように言った。当然、世の中も乱れていた。

弥十郎や秀五郎が、あれこれのことに関わることになるのもそのせいである。

松之介、竹之丞、梅太郎も、その手伝いのおかけで、矛盾だらけの世間というものを、さらに体験することになる——。

三人は、弥十郎のなかば強制的な命令で、あえてそれぞれの実家を追ン出た。

それぞれの母親父親は、

「悪いことをして家名を傷つけなければ」

と、繰り返し言い、彼らを送り出してくれたようだ。

三人は、秀五郎の段取りで、とりあえずの落ち着き先をきめた。

松之介は、秀五郎が傷をいやした麻布我善坊町の若衆宿〔叶屋〕の番頭見習いとして住

み込んだ。

竹之丞は、弥十郎の口ききで、幕府の御用彫金師、島地宗右衛門の内弟子になった。

梅太郎は、富岡八幡宮前の料亭、緋扇屋に板前見習いとして住み込むことになった。

三人は、予想もしなかった新しい仕事にたいして、揃《そろ》って乗り気で妙にはしゃいでいるようだ。

とはいえ、三人が三人、歴《れっき》とした武家の子弟である。そのことは、あえて周りの者に言わずども、日常の言葉遣いや立ち居振る舞いですぐに分かる。

本人たちは、なんとか町人の生活や商いのならわしに添うように、また仕事の技術を身につけようと努めているが、なかなかしっくりいかないのだ。

むしろそんな彼らのいちずな姿が、周りの者から好意をもたれることになる。

沙羅《さら》の白い花が咲き、夾竹桃《きょうちくとう》の紅い花が咲き、百日紅《さるすべり》の桃色の花も咲いた。

だがこの季節、狂ったような風雨が吹き荒れることがある。

弥十郎は、松之介、竹之丞、梅太郎の三人に言った。

――いまの世の中にも、その悪しき狂気の疾風がわがもの顔にのさばり、まかり通る。頭を低くしてなんとかやり過ごせ。

炎暑の季節がやってくる。

さいわい、秀五郎と為吉の傷も癒《い》えた。

しかし、心を通じ合うこの男たちには、思いもかけない無理難題の新たな突風が襲いかかってくるような予感がある――。

――人目に隠れて悪巧《わるだく》みをする輩《やから》があとを絶たない。そして自分勝手に世の中を変えようとする奴《やっ》も気に入らねぇ。そのために目に見えぬところで、いわれなき苦渋にのたうつ者がいる。……許せねぇ。

弥十郎は、ぎりっと奥歯を鳴らした。

松之介、竹之丞、梅太郎――いや、ひとくくりにしての松、竹、梅の三人も、お江戸の闇にまぎれてからくも生き延びたようだ。

しかし彼らが、ほんとうに手放しでめでたがる松竹梅になるかどうかは、所詮《しょせん》これからのことだが――。

ベスト時代文庫


# 闇のお江戸の松竹梅

本庄慧一郎

2007年9月1日初版第1刷発行

発行者……………栗原幹夫
発行所……………KKベストセラーズ
〒170-8457 東京都豊島区南大塚2-29-7
振替00180-6-103083
電話03-5976-9121（代表）
http://www.kk-bestsellers.com/
DTP……………オノ・エーワン
印刷所……………凸版印刷
製本所……………フォーネット社

落丁・乱丁本はお取替えいたします。
定価はカバーに明記してあります。




Printed in Japan ISBN978-4-584-36610-3 C0193

ベスト時代文庫

# 幕末暗殺！

**幕末暗殺傑作集**

池波正太郎ほか／著

## 収録作品

**暗殺 坂本竜馬** 池波正太郎
・坂本竜馬が暗殺されたのは「近江屋」の二階の奥まった一室であった——

**暗殺 井伊大老** 南條範夫
・桜田門外の雪の朝、大老を襲った刺客十八名の動静は？

**暗殺 清河八郎** 子母沢寛
・浪士組の首領・清河八郎が刺客に襲われた瞬間——！

**大仏次郎** 他
幕末暗殺傑作集より

中国女帝
興亡の
貝の落涙

ゲリラ夫人
李清照と趙明誠

青春謳歌中国西遊記
艶笑譚

ベスト時代小説文庫

「古代の日本は、ヤマトではなく、ヤマイチと読むのだ！」

古書店主…。歴史マニアの青年と、古書店の美しい娘が国家の秘密に迫る！